JN070362

統合失調症の世界

リマ

統合失調症の世界

リマ

はじめに

統合失調症という病気は、まだまだ謎だらけな不思議な病気です。
そんな病気を抱えている私の世界を、少しでも多くの方に見ていただければと思います。

「不思議で謎だらけでリアルな世界」——それは新人類？　特殊能力？
未来人？　はたまた病気？！
テレパシーや幻聴・幻覚を、本書であなたも疑似体験してください。
これが私の心と頭の中で起こっていることなのです。

今では100人に１人がこの病です。
同じ病気の当事者とそのご家族、友人に見ていただければと思います。
この病気に興味がある方もぜひ。

◆本書は、統合失調症の方が症状などが辛い時、どういった世界観で過ごしているかを体験して頂けます。まさにファンタジーやホラーの世界です。

◆この病気の本質を書いた本は増えてはきましたが、まだまだ未知の病気です。是非この本を通して、病にかかった大切な人達を理解してください。

◆数人のブログ読者さん達から書籍化の応援を得て、とても辛い病気を少しでも多くの人に理解して欲しく、本書を執筆しました。

◆私の通っている病院では、新人の看護師さんに統合失調症のテキストとして使って頂いています。

声と話し合い

もう何年も前のお話です。

私の場合ですが、「声の人たち」は実際に知っている人たちでした。そして「声の人たち」に困ったときは、実際に彼らと会話をして、気持ちを汲んであげて、慰めてきました。

敵対するのではなく。

でも、どうしても初めは敵対をしてしまっていたんです。

というか、「声の人たち」から言われたことに対して、私は劣等感を抱いていました。

一番初めのほうに出てきたＹさんという男の人の声は、私に交渉してきました。ちなみにＹさんは「声の人たち」の中でも、いつも私の味方をしてくれた人です。

声はいつも、空中から聞こえていました。Ｙさんに、「次の千尋は誰〜？　ママ？　それとも妹さん？」と聞かれたので「絶対にダメ！」と断ってきました。

だって私がとても声に苦しめられていたので。

「じゃあ、〇〇は？」と、いろいろな人を言ってきたので「ダメ！」と言いましたが、なかなか諦めてくれず、私は困ってしまいました。

で、「仕事であんなにＹさんを助けてきたのに、なんで困らせるの？」と言いました。実際、仕事仲間でしたから。「それは分かっているけど…」とＹさんは言い、とても困っていました。

仕方なく元旦那さんの名前を挙げると、「仲間だからダメ〜〜〜！」と、断られました。ちなみに元旦那さんは、広告代理店に勤めていました。

それから、私が当時、頭に来ていたある人の名前をだすと、「了解！」みたいな感じで、お神輿の複数の人たちの声と共に去っていきました。

そのあと、Ｙさんの声は聞こえなくなりました。

でも、他の人に声をまわしてしまったのかと、今でもすごく後悔をしています。

今は他の声と共栄共存しています。

昔のお話なのでご容赦を。

2019
02.25
Mon.

外国での不思議な体験

家族と外国へ行ったときのお話です。

ホテルを出て、家族3人でコンビニへ行こうとしたところ、横断歩道の信号が赤になったので、みんなで待っていました。

すると、さっと周りの空気が変わりました。

何事かと周りを見ると、3人の男の人が三角形に陣形をとり、私たちを取り囲んでいました。信号が青になり横断歩道を歩いていると、その3人が陣形を保ったまま付いてきました。

すごく怖くなり、家族たちに、「ちょっと立ち止まって！！」と言いました。そうすると、3人はピタッと立ち止まりました。

負けじと「3人がどこか行くまで、立ち止まってて」と言いました。信号が赤にならないか、ハラハラでした。

すると、3人の男の人は諦めて歩き始めました。横断歩道を渡りきって数メートル先まで行き、ピタッと止まり、振り返って私たちを見てました。

私たちも横断歩道を渡りきって、立ち止まってました。

すると、3人は諦めて去って行きました。

不思議な体験でした。

2019
02.28
Thu.

トイレでの出来事

数年前のお話です。

トイレに行きたくて、個室（自宅）に入ると、突然複数の声がして来ました。

それは、私を馬鹿にするような会話で、
「丸見え〜」
「今、パンツ下ろしたよ」
「はずかしいよね」
「みんな見てるから〜」
と、罵倒されました。
お風呂に入っているときも同じでした。

トイレに入っているときは、尿意と闘いながら必死でこらえていました。

もう、「このまま尿意を我慢してるまま死んでもいい」とさえ思っていました。

すると、ある声が号令をかけるように「いい！！」と、言ってくれました。

それで、私は半泣きのまま用をたしました。

それなので、その声の人には大変感謝があります。

もう、その声は聞こえなくなりました。

声の説得術

また、別の再発のときのお話です。

声が2人いたときの事です。

1人は「Tさん」という男の人。もう1人は「Iさん」という女の人でした。

とくにIさんには苦労させられました。

意地悪なことを言ってきて私は疲弊していました。

それで、誰もいない夜中にTさんとIさんの話を同時に聞き、癒してあげました。

「なぜ意地悪なことを言ってしまうのか？」「どういう背景があるのか？」その話を理解してあげて、解放してあげました。

本人たちも嫌々やっているようでしたので。

それからは出なくなりました。その2人は。

でも、Iさんは今回の再発でまた出て来ましたが、今では意地悪なことを言わなくなりました。命令形でもなくなりました。

それで、そのほかの声たちは聞かなかったり聞いたりしています。

残った声たちは、自分たちが言う情報について「ほとんどはハッタリ（嘘）です」と、言っています。

音楽を聴いていると、声たちは出て来ません。

2019
03.01
Fri.

子宮頸がん

数年前の、今の夫と付き合う前のお話です。

ある日、区から子宮頸がんの検診ができると通知が来ました。

近くの産婦人科に行き、検診したところ、初期の子宮頸がんとの報告がありました。

後日、他の病院へ紹介状を書いてもらいに行きました。

そこで詳しく検査してみると、『52型の子宮頸がん』ということでした。子宮頸がんの中でも、一番恐ろしくて死にいたる型だそうです。

怖いですよね。

すごくショックでしたが、まだまだ初期だったので、このまま進んでもレーザーで照射して直せるとのことでした。

また、「もしかしたらポロリと取れるかもしれない」とのことでしたので、とりあえず一安心しました。

子宮頸がんは性行為で感染するがんだそうです。

それなので医師に、性行為はしない方がいいのかと聞くと、「パートナーとする分には問題ない」とのことでした。

子宮頸がんのウィルス？　をお互い出し入れしているので問題ないとの事でしたが、私は、万が一パートナーが浮気してしまった場合、浮気相手の方に感染してしまったら大変だと思い、性行為はやめておこうと心に誓いました。

その頃はパートナーもいなかったのでちょうど良かったです。

そして性行為は4年くらいしませんでした。

数年後、みごと完治しました。

今回のことで、パートナーができたら浮気や不倫をしないようにしようと心に誓いました。

お互いのために。

なぜならば、他で子宮頸がんのウィルスをもらってきてしまうかもなので。

今は夫がいるので、お互い浮気はしない約束をしています。

2019
03.02
Sat.

声の人たちと同じ場所を共有して来ました

今日は夫とベトナム料理を食べてきました。

席について、鶏肉のフォーとガパオライスと副菜を頼み、シェアして食事をしました。

店内は1組のカップルがいるだけで、ガラガラでしたが、扉が開き、あとからぞくぞくとお客さんが来て、店員に席を案内され、おしゃべりをし始めました。

声（幻聴？）の人たちでした。

その中で一番心に残った話は、「私たちもずっと会話として（口を使って）、話したかった」という内容でした。

はたから見て浮かないように、その人たちをあまり見ないで、夫と食事を楽しみました。

声の人たちは、私のブログも見ているみたいでした。

本当に不思議な体験ですね。

水の声、風の声、鳥の声

この病気になってから、水の声、風の声、鳥の声が聞こえるようになりました。

また、人間から聞こえる声（鼻息などが、声として聞こえる）とその人の気持ちは違う、ということがわかりました。

私の場合、初めは劣等感を抱かされるような内容や攻撃的な内容の声で大変でしたが、この病気になって約10年、紆余曲折し、現在はほぼみんな（水の声、風の声、鳥の声）が仲間になり、前向きな内容の言葉を伝えてきます。

だから声が怖くなくなりました。

寂しくもなくなり、うつ病も治りました。むしろ前向きになれました。

夫とのことで嫉妬させようとする声には、参ってしまっていますが、とにかく声も人間だとわかりました。

今は、外で声たちと一緒に同じ空間を過ごしていても、物事に集中できるようになり、言われていることも気にならなくなりました。

まあ、多少オーバーですが……私的には大成功です。

ここに来るまでの過程は、前回書いた通りです。

乳がん

前に、ストレスかは不明ですが、両方の胸にしこりが多数できてしまい、「ブレスト・ケア・クリニック」を受診しました。

しこりで胸がボコボコでした。

マンモグラフィー検査やいろいろと検査したのですが、結果は「良性のしこり」という事で問題ありませんでした。

統合失調症によるストレスですかね。

でも、すごい怖い思いをしました。

今は、もうしこりもきれいに消えました。

2019
03.03
Sun.

まさか！
病気に！！

当時、私は離婚して重度のうつ病と重度の孤独症（家にいて家族といてもまるで他人の家にいるような感じ）に陥っていました。

絶対的な絶望の中で生きていました。

そんな中、いろいろと人生を立て直そうと、さまざまな資格を取ったりショップを開いたりしたけど、なかなか根気が続かずにいました。

簡単に言うとコミュニケーション能力の低下に陥っていたのです。

そうこうしているうちに、友達からお芝居の舞台のお手伝いの依頼をされて協力することになったのです。

スタッフとして働いていましたが急遽、「役者をやってみないか？」

と言われ、やることにしました。

そして舞台の初日に控室で待機していたら、客席から私の名前などを連呼する声が聞こえてきました。

まだ私はわき役だったのですが、主役の名前（千尋）で「次の千尋」と連呼されました。

そして、打ち上げのお店が貸し切りだったのですが、そこでパシャパシャとカメラのシャッター音が鳴り響きました。

実際にカメラがあったわけではないのに、空中から聞こえてきました。

しかしそれは、頭の中から聞こえてくる音ではなく実際に耳から聞こえてきた音でした。

周りの人は平然としていたので、これも今思えば幻聴でした。

パニックになりつつトイレに行こうかと思い、でも席を立とうとするたびトイレに行く人がいて、なかなかトイレに行けませんでした。

やっとのことで、トイレの個室に入ろうとしたところ対面のトイレにいた女の人がガラケーのカメラをこちらに向けていて、目が合うと「ごめんなさい」と謝られて、私は「いえいえ」と答え結局トイレに行くことが出来ませんでした。

隠し撮りされているのかと思ったので。

これは、とてもつらい経験でした。

私は尿意を我慢しつつ幻聴もあり、パニックになりお店を出ようとしたのですが、貸し切りのため自動ドアは閉まっており、外に出られませんでした。

仕方なく最後までいたのですが、帰りの電車も周りの人たちに後をつけられていると錯覚して、尿意を我慢しながらパニックに。

でも平静をたもちつつ、ひたすら道路を歩いていたら、ショップの前を通るたびに私の行動の実況中継をラジオがしている声が聞こえ、まるで地獄（体験したことないけれども）にいるかのようでした。

そんな中、なんとか家に帰ってこられました。

ある日親戚が見に来てくれ、帰りにレストランに行くと、また私のことを言っている声が聞こえ、とても恐怖をおぼえました。

親戚にそのことを話すと、私の病状を調べてくれ、病院を紹介されてそこで「統合失調症」と診断されました。

「まさか私が?! 病気になるなんて! 思ってもみなかった!!」と思い、信じられない気持ちでなかなか病気を受け入れることが出来ませんでした。

と、いうわけで私は統合失調症になりました。

祖父と最後の旅行に行ってきたときのお話です。

祖父の故郷に、晩年一緒に行ってきたときのお話です。

死期をさとったのでしょうか。

私に、「故郷に住んでいた村に行きたい」と言ってきました。私は、比較的暇だったので、すぐさまOKを出しました。

大好きなおじいちゃんだったので、私も祖父の育った環境に興味がありました。

おじいちゃんの道案内で行ったのですが、それは見たことない風景でした。

まるで昔の姿、街並みそのままでした。

ある民家におじいちゃんは向かい、お話をしました。とてもよかったです。

全ての時間が止まったような街並み、人々でした。

わたしが最も感動したのは、運転していたときの風景が最高だったこと。

小さな丘に道があり、その中腹をひたすら走って行きました。まるでジブリ映画のようでした。

それが、おじいちゃんと行った最後の旅行でした。

とても素敵で感動的な体験でした。

もしかしたら、おじいちゃんと過去へ旅をしていたのでしょうか。とても不思議な体験でした。

2019
03.05
Tue.

飛び降り中…

病気が発症したての頃、声がすごくてたえきれず、屋上まで登り
「もう生きていくより死ぬ方がまし！」
という精神状態で屋上にいました。

なぜなら、私が考えていることが他の人の声で実際に聞こえていたからです。

これはすごくつらかったです。この体を抜け出したかったです。

柵を飛び降りた形跡はないのですが、次の記憶では落下している記憶でした。

そのとき、恐怖ですごく後悔しました。すると途中の階で私をひっぱってくれる力の存在がありました。体感的にはっきりと覚えています。

後で聞くと母が救ってくれたそうです。

そして、途中の階で落っこちて一命を取りとめました。残念なことに左足を骨折してしまいました。残念です。

命を取り戻せて良かったかなと今は思います。

感謝しています。

金縛り？！　苦しい！

これもまた、去年のお話ですが、寝ていると突然、目が開かなくなり、鼻、口もふさがれ、息が出来なくなりました。

誰かがやっているわけではありませんでした。自然に。

それで、わたしが「助けてーーーーー！！！」と思っていると、意識がなくなる直前に解放されました。

あれはなんだったんでしょう？

すごく、苦しくて怖かったです。あれ以来、そういうことは起こっていません。

不思議です。

まるで慰安婦？！

統合失調症の恐ろしい体験の1つを紹介したいと思います。

彼氏の家で音ゲーをしていたところ、私はすごく自信があったのですが、なぜか全て失敗してしまいました。

彼は調子よくやっていたのですが、私はなんだか納得できないでいました。

そのあと、寝る間際になると、彼が彼じゃなくなっていました。

髪の毛はドレッドで、目は一重で鼻筋は通っていて唇はぶあつくなっていて、私はすごく怖くなりましたが、私を生贄にしないと他の女の人が犠牲になると思い、我慢しました。

その人は白色の顔に緑色の髪の毛をしていました。

その顔はまるで某陛下にそっくりでした。

キスの感覚も彼とは明らかに違いました。

私の記憶はそこまでで、その先は記憶がありません。誰かが私のことを助けてくれたのかもしれません。

その日から調子が悪くなり、数日間入院してしまいました。

本当に怖い体験でした。

彼は、今では私の主人です。もう、そういったことはありません。

2019
03.06
Wed.

幽霊？！

夫と寝ているときでした。

夜中にハッと起きると、私の隣におじいさんがたっていました。

そのおじいさんは、紙のようにぺらぺらでした。色がついてなく、白黒でした。

また別の日は、夜中に目を覚ますと、おじさんが夫側にいました。
このときの幽霊？　は、立体的でした。

どっちの幽霊もパンチして消しました。
すごい怖かったです。

でも、パンチで消えるなんて不思議ですね。

2019
03.07
Thu.

結納品が ぐちゃぐちゃに…

それは、私が離婚をして病気になった数年後の事でした。今は再婚しています。

なぜか、ペットの犬と、除霊と称し前の夫と婚約した和室へ行きました。
妹も同じ部屋で結納しました。その頃、声（幻聴）がすごかった時期です。

そこで、結納品を犬が嗅ぎ付けクンクンとしていたので、これが悪いのか！！　と、一生懸命ほどこうとしたのですが、さすがに結納品、まったくほどけませんでした。縁ですので、ほどけないように作られているみたいです。それは、妹とその旦那さんとの結納品でした。本当に悪いことしました。深く反省です。

で、つぎにツボがあったのですが、あやしい！　と思い、中を見てみると、小さなアンモナイトみたいなものが出てきたので、これで呪いをかけられてるのね！　と、思いすてました。

また、おじいちゃんが社長だった頃の社員旅行の写真が出てきたのでみてみると、ある女の人からすごい念が伝わってきて直視出来ませんでした。顔も、そのひとだけぼやけていました。

母親にその写真の束と、結納品を捨てて！！　とおねがいすると母親は、「なんでもかんでも捨てないの！　しかも、妹の結納品をぐちゃぐちゃにするなんて！　どうせなら、リマの元旦那の結納品にすれば良かったじゃない！」元旦那さんと離婚していたので。処理してなかったのです。そう言って、取り合ってくれませんでした。でも、確かにそうです。ペットも間違えたのですね。非常に残念でしたが、あの頃は本当におかしかったです。

以上、かなり反省なお話でした。

2019
03.09
Sat.

視聴者参加型テレビ
(『君の名は』ネタばれ注意)

統合失調症になって一番不思議なことは、映画などが久しぶりに見ると改変されていて、些細なストーリーが違うことです。(みんなそうなのかな?)

例えば、『君の名は』では、主人公の女の子と男の子が途中の駅で降車してお互いを探すのですが、本来ないはずの踏切での出会いのシーンがありました。

その時、二人の前に電車が来て電車を挟んで離れてしまい、電車が通過するまで女の人は待っていたのですが、電車が通過した後、男の人はいなくなってました。その後は、いつも通り会えました。

ちょっとお得な気分でした。

不思議です。

そして、それの発展形で最近では、私の選択肢によってお話が違います。

臨場感があり、視聴者参加型番組になり、とてもスリルがあります。

ディズニーの『アナと雪の女王』がそうでした。

陽性症状のときには、普通のニュース番組も会話型になります。

声が「あなたのために作った」と、説明してくれました。

すごく、不思議な病気です（‘ω’）！！

2019
03.11
Mon.

バラバラな文法で参った！！

統合失調症で急性期のときのお話です。

周りの人が早口で、何を言っているのかわからないときがありますよね。

パニック状態のときです。

そんなときは、心を落ち着けて、周りの人が何を言っているのか聞いてみましょう。

私は、そうしてあることを発見しました。

周りの人が言っている文法がめちゃくちゃでした。これでは、意味がわかるわけありません。

なので、そういうとき私は、理路整然と「こうこうこうだから、こうなんだよね？」と、わざと落ち着いて聞いています。

すると相手も負けじと言ってくるので「いやいや、だからこうなんでしょ？」というと「そうだよ」と納得してくれます。

本当に困ったことですね。

でも、相手がわざと？　狂った文法で言っているとわかれば、自分はおかしくないと自覚できるので良かったです（^^♪

民謡？！　呪いの歌？！

統合失調症になって、初期の頃のお話です。

もう、何年も前のお話です。

家族の部屋に入ると空間から民謡が聞こえ、そのメロディと内容が呪いの歌でした。

すごく怖くてパニックになりかけたのですが、なんとか平穏をたもちつつ、呪いの民謡が聞こえる空間を見ると、バチッと音がして民謡が消えました。

さまざまな呪いの民謡が実際に耳から聞こえ、聞こえる空間に目を向けるとそのたびにバチッと音がして消えていきました。

民謡のトラップがすごい多かったです。

それを、ひとつずつ消していきました。

すごい怖かったです。

でも、除霊？！　出来て良かったです。まあ、知らない人が見たら、「何をやっているんだろう？！」と、不思議がられると思いますが。

2019
03.12
Tue.

UFO？！

幼いころ、近隣の海の宿に家族でお泊りに行ったときのお話です。

昼間は海で遊び、夜はお風呂に入ってからご飯を食べて、家族で海辺を散歩していたときのことです。

波音を聞きながら星を眺めていると、明るい星があり、それが時計のふり子のようにゆらゆらと動いたかと思うと、瞬間移動でパッパッと移動してびっくりしました。その頃の技術力ではありえない動きでした。

今もかな？

私が「見て！！！！　UFOが！！！」と言うと周りの人も見て、その場にいるみんなでUFOを目撃しました。
本当に貴重な経験をしました。

2019
03.13
Wed.

UFOの続き

前回、UFOを見たと記事にしました。

それで思ったのですが、冷凍装置で人間を冷凍保存して地球から遠い惑星へ運ぶことが、かつて有名なお話でした。

例えば、病気の富裕層の人が自分の肉体を冷凍保存して、遠い将来に医療が発達したら肉体を生き返らせる、みたいな。

それで、ふと思ったのですが遠い未来のお話です。

UFOの設計図があれば、どんなに遠くの惑星でも瞬時に移動出来て、素晴らしいですよね。

そうすれば、年齢を気にすることなく宇宙（惑星）旅行が実現出来そうですよね。

現実的に、今はまだ惑星に行くのに時間がかかるので、肉体も遠くの星に行くだけで時間がかかり、肉体年齢をとってしまうので。

冷凍保存するリスクより、こちらの方が効率的ですよね。

「UFOみたいに瞬間移動できたらいいな」なんて、想像してみました。

2019
03.14
Thu.

薬を飲みつつの私なりの対処療法（統合失調症）

まずは、幻聴によってストレスがある場合は、動画で好きな音楽をかけながら（私の場合は歌詞の無いメロディー、オーケストラなど）（例えばゲーム音楽やジブリの音楽など）をかけながら（かけなくてもいいですが）、
暖炉の薪がはじける様子を動画で鑑賞するのが効果的でした。

それから、次の段階はdriveとかドライブとか（同じ意味ですが）を単語で動画検索して、高速道路とか森林の中を車でドライブしている景色の動画を見ながら、好きな音楽を聞くとかなりの爽快感があります。

まだ外に出る勇気がない方も、外の世界を疑似体験出来ておススメです♪

雑踏の声を動画で検索して、慣れていけば外へ出かける練習にな

ります。声と共にリラックスできる練習をしていけば、外に出て人混みに行っても心が平静でいれます。

音楽を聞きながらがおすすめです。徐々に慣れていきましょう。

声と共にリラックスした時間を過ごせていただけたらと思います。

念のために言っておきますが、お医者さまに許可なく薬を飲むのをやめることはしないでください。

悪化してしまうと大変なので。

2019
03.15
Fri.

ビリビリがぁぁぁあ あああぁあ！

去年の年末に入院しているときに、睡眠していたときのお話です。

突然！！！「ビリビリ〜！！！！」と、全身が雷に撃たれたかのような状態になりました。

すごい体の感覚がビリビリしたのと痛みとで、考える余地がなくなりました。

「くるしぃぃぃぃぃいいいいぃ！　もうダメだぁぁあああぁあ！」と、感覚的に思っていると急に楽になり、大丈夫でした。

何が原因でそうなったのか、謎です。

2019
03.17
Sun.

天然のディクショナリー(辞書)？！

昔の話ですが、声はときどき、私のボキャブラリーにない言葉を使ってきます。

例えば、「満身創痍」と声が言ってきて、私は「順風満帆」と勘違いしていました。

お医者様にそのことを話して、「満身創痍」の意味を知りました。

そのときの私の状態とまさにぴったりの意味で、勉強になりました。

すごく不思議ですね。

2019
03.18
Mon.

違う味になる！！

入院中のお話です。

とても不思議な体験をしました。

喉が渇いたので潤そうと思い、右手でお茶を持って一口飲むと、
味が変わっていてお茶が渋味を増していて、
ビックリしました（*'ω'*）！

そして試しに今度は左手でお茶を持って飲むと、また元の味に戻りました。
入院中の間だけですが。

まるで、気功が出ているかのようでした。

でも、とても不思議な経験でした

2019
03.19
Tue.

主人と
デート☆★☆

先日、主人とショッピングモールでデートしてきました♪

そして、声（人間、幻聴？！）の人たちと共に、リラックスしてショッピングして来ました！！

主人側の仲間と、私側の仲間とみんなで共に仲良くランチもして(牛タン定食食べてきました)、ショッピングも一緒にその場の雰囲気を楽しみました♪

なんだか私側の人たちと主人側の人たちは戸惑っている感じでした。

一般のお客さんとして外に出てきてくれているのですが、私側の人たちは、主人の地元でショッピングするのを戸惑い、主人の側の人たちも私の地元の人たちに少し戸惑っている感じでした。

私もその状況はちょっと困っていましたが、「幻聴」ではなく「人間」として出てきてくれたのが、とても嬉しかったです。

でも、意地悪を言ってくるときもあるのでまだまだ慣れません。

つらいときもあります。

統合失調症の対処療法

どうしても声（幻聴）が聞こえて、困ってしまう事ってありますよね。

そこで私が発見した方法があります。

それは……頭の中で歌を歌うってことです。

これだと、口で歌うのと違っていつでもどこでも実行でき、便利です。

幻聴ならばこの方法で消えます。

ぜひ、困ってしまったときは、試してみてください。

効果は、私で実証済みです。

2019
03.20
Wed.

夢の内容を聞いてくる

去年のお話ですが、夜中に目を覚ますと、声が、「何の夢見た？！何の夢見た？！」と、楽し気にワクワクして聞いてきました。

それで私は一生懸命思いだして、どういう夢を見たか、お話しました。

そうすると、楽しそうに聞いてくれました。「それで？　それで？」と。

今思えば、「記憶力アップで脳に良かった事なのかな」と思いました。

記憶力低下を防いでいたかなと。まあ、わかりませんが。

でも、夜中に眠いのに聞いてくるのでちょっと困ってしまいました。

そして、ちょっと怒ってしまいました。

でも、そのときは喧嘩になりませんでした。

後、お風呂に入ると「あーあ、入っちゃった」と、声で言われたので、

「お風呂に入るのは悪いことじゃないよ」と、説明していました。

まるで、お風呂に入ると災いが起こるみたいな言われようでした。

そのときは、声は納得していました。

そのあと、ちょっと人と会う約束をしたのですが、ちょっとそれから、声に言われることが、攻撃的になってしまったので、医師に「声が攻撃的になってます」と伝えると、そのまま医療保護入院になってしまいました。

友達に会えなくなりました。(ごめんね！　友達！！)

その友達には悪いことをしてしまいました。

2019
03.22
Fri.

祖父の机

親戚の会社で働いていたときのお話です。

祖父が亡くなって、机がそのままになっていました。

私が机の中身を片付け、祖母に中身を渡して綺麗に掃除をし、また使うことにしました。

翌日、朝早く親戚の叔母から連絡があり、「祖父の机をなんかした？」とかかってきました。

それで、昨日は私が机を掃除したと話すと、「やっぱり！」と言われました。

叔母の夢に亡くなった祖父が出てきて「机が綺麗になったので明日から気分よく出社できる！」と喜んでいたそうです。

すごいビックリしました。

祖父が喜んでくれて、嬉しかったです。

2019
03.24
Sun.

体が糸人形に？！

これは、病気になりたての頃のお話です。

寝ていると、耳元でささやき声が聞こえました。

誰もいないのに。

するとラップ音が鳴り、パチッと壁が鳴り、声が聞こえました。

「となったら、こう」

そのあと、体が勝手に動きました。

パチっ（と音がして）「となったら、こう」と、体が操られました。

手足が上に行ったり横に行ったりしました。

すごい、恐怖体験でした。

これは、病気の症状？　霊感？　なんなのでしょう？

短気なお稲荷様？！

小学生の頃のお話です。

荒川を海まで自転車で行こうと、仲良し6人組で出発しました。

しかし、あまりにも遠く途中で挫折してしまいました。

帰る道すがら稲荷神社がありました。

何重にもある鳥居、とても素敵でした。

しかし、みんなで近づいていくと1人の子が「怖―い！！！！」と言い、みんなで逃げました。

恐怖心がうつってしまい、「私も怖い！」と言ったとたんに乗っていた自転車が坂を転がり自転車はぐちゃぐちゃに。

私は軽い傷を負いました。

そして数年後、別の稲荷神社の前を通っていたときの事、昔の事を思い出し、自転車から落っこちた事を言いました。親戚に。

すると、言ったとたんにバーーーーーーーーーン！！！　と音をたてて自転車がパンクしました。

私はびっくりしてしまいました。

そのことを、霊感のある親戚の叔母さんに言うと、「あなたは、お稲荷さんに特別好かれているのよ。だから、ちょっとの悪口も許されないのよ」と言われました。

そこから、気を付けるようにしています。

とても、不思議なお話です。

2019
03.28
Thu.

お経が聞こえる

去年、ある病院に入院していたのですが、看護婦さんが、「夜が怖いのよ、この病院」と、話していました。

夜になり、私も寝ようとしたのですが、9時消灯なので、早くてなかなか寝付けずにいるとお経がどこからか聞こえてきました。

すごく怖かったです。

また、他の日にはラップ調のお経が、女のおばさんの看護師さんの声で聞こえました。

これも、すごい怖かったです。

もう、あの病院には入院したくありません。
以上、怖いお話でした。

2019
03.30
Sat.

目が見えない！！

数年前、今の主人と結婚する前の、まだ付き合いたての頃のお話です。

両国の回向院に行って、そのあと周辺をお散歩していました。そこで、旧安田庭園に入ってお散歩していました。

そこには、シロサギ？　みたいな鳥もいてとてもリラックス出来ました♪

すると突然、目の視力が落ちて、目が見えなくなりました。

とてつもない恐怖でした。

目が見えない間、主人に支えてもらいました。

すごい恐怖でした。

すると、突然視力が回復して元通りになりました。
とてつもない恐怖を味わった経験でした。

今でも、なぜそうなったか不明です。

2019
04.02
Tue.

運転手がマネキン人形？！

去年、入院していて精神的に悪かったときのお話です。

外出許可が数時間出て、主人とドライブしていて、何気なく対向車を運転している人を見ていました。

すると、何人か目の人が血を流したマネキン人形が運転していました。

びっくりしました！！

幻覚って、怖いですね。

今ではもう調子もよくなって見えません。

2019
04.03
Wed.

テレビに出ている人が実況してくる

私に何の恨みがあるのかわかりませんが、テレビをつけると私の事を実況中継してきます。

すごいつらいです。

で、私も負けずに言い返します。心の中で。

主人がいるときは、主人は普通にテレビを見ているので私の幻覚・幻聴だとわかりますが、1人のときは、つい感情移入してしまいます。

とても、つらいです。すごく、腹が立ちます。

この文章を書いているときも、ダメ出しをしてきます。
「それを書いたら本当に敵になっちゃう」とか。

テレビは、今は見ない方がいいのかもしれません。

パソコンやiPhoneで曲を聞いているほうが、心が安定するのかもしれません。

つらいです。

ローマ神？！

もう、何年も昔のお話です。

夢？　幻覚？　まぼろし？

とにかく、実際に体験したお話です。

場所はローマで（実際は日本にいました。幻覚ですね）、ローマの家のお庭で、家族で飲み物を飲みながら、リラックスしていました。

家族は、現実の家族ではなく、想像の家族でした。

そのなかで私は末っ子で、物語を作るのが得意で、お姉さんやお父さんが私の書いたお話を読むのが大好きでした。

そのうちにローマ人？　の家族がお話の世界（現実の世界を書い

ていました）に憧れをもったので、実際の母と神楽坂まで車で行き地上におろしてあげました。

神楽坂の人たちは、みんな背が高く美形で素敵でした。

八頭身の美男美女ばかりでした。何十人もいました。

みんな幸せそうでした。

それから何カ月後、神楽坂へ行くと、普通の方々に戻っていました。

不思議でした。

実際にモデル級の人たちがいたのに。

どこにいったのでしょうか？

2019
04.07
Sun.

抽象画の見方？

抽象画ってありますよね。

さまざまな色彩で描かれていて、とても不思議です。

私的には読解するのがすごく困難です。

しかし！　病院に入院したときのお話ですが、そのときにわかりました。昼間、病院のスタッフの人が本を持ってきてくれたり、塗り絵を持ってきてくれたり、音楽療法と称し音楽を持ってきてくれたりしました。

私はどれも興味がそそられなかったのですが、時間つぶしに塗り絵を選びました。

そうしたところ、とても配色が難しく、この色を塗ろうと決めると、頭の中の声が「この色を選んだら不幸せになる」など、いちいち指定してくるので、とても色決定が困難でした。

早い話、声に振り回されていました。

その頃、再発したてで急性期だったので、このようなことがおこったのですね。

結果、出来上がった塗り絵は、抽象画のように色彩がバラバラでした。

ちょっと、抽象画の気持ちがわかりました。

2019
04.10
Wed.

同じ幻聴？！が聞こえてる？！

ちょっと前に、あるタレントさんの自宅に落書きがされていたのを覚えていますか？

テレビで報道されてました。

そこには「サトラレ」「電波」「○○（タレントさんの名前）死刑」と、書いてありました。

私は「あ！　同じ病気の人が書いたんだ！！」と思いました。

なぜなら、そのタレントさんの声の幻聴が、私にもあったからです。

そこで、「同じ幻聴を聞いている人がいるのかも」と学びました。

もう、今は聞こえなくなりましたが。

不思議ですね。

つづく。

2019
04.12
Fri.

同じ幻聴？！が聞こえてる？！part 2

さて、前回「同じ幻聴が聞こえてる？！」を書きました。

実は、もうひとつ実験したことがあります。

入院中のお話です。

声（幻聴）がしたので、私は怒ってました。

「聞こえる人に失礼でしょ！」「みんな聞かなくていいよ！」など、頭の中で怒ってました。

そして、いろいろと頭の中で、声と語ってました。

急性期のときはテレビ（バラエティー番組など）が話しかけてくることもありました。

すると次の日、同じ病気の方（知らない人）から話しかけられ、「もしかして、リマさんですか？」と話しかけられました。

これもびっくりです。名前を語ったことがないのに。

「私、恥ずかしいけど一緒にテレビを見てくれますか？」と言われ、一緒にテレビを共有しました。

テレビを見ると、テレビ電話のように会話ができるからです。

みんながそうだとは思いませんが、私の場合はそういう症状がありました。

そして、私の声が聞こえたのですね。

話しかけてきた子の考えは、私には聞こえませんでした。

とても不思議なお話です。

2019
04.15
Mon.

妹が目の前で消えちゃったーーー！！怖すぎ！

家の階段を降りていると、妹が自転車をもって門の中に入って来ました。

「あ！　帰って来たんだ！！」と喜んで、一瞬目を離して次に門を見ると、そこには妹はいませんでした。

妹が消えてしまったのです。

すごい恐怖でした。幻覚ですね。

でも、後日妹と会えたので一安心です。

怖い体験でした。

嘘や適当なことを言うのね。
声（幻聴）ってば。

声（幻聴）が、「我ら、しあわせーー！　わてら良い子！」（我とか、わてらとか、私のボキャブラリーにありません）「俺たちの味方に付く？」など、自分たちの事を言ってきます。

「わてらは、平気だよねー♪」「我、言ってるの適当だから」とも言ってきます。

「わかってますとも」って感じです。

後、「誰々とやった」とか、「これからやる」とか。

そういったことを、主人の声の幻聴が言ってきます。

ただ単に私に嫉妬させたいだけだとわかっているのですが、つい聞き流せなくて怒ってました。心の中で。

でも、どうしても許せないときは、主人に、「声（幻聴）がこう言ってる」と話すと、頓服を渡され、飲まされます。

まあ、大抵信じられるような内容ではないので、聞き流すよう訓練してます。

これは重要な事ですが、毎回主語がありません。声（幻聴）が言ってることは。

「やった」「した」とか言ってきますが、「何をやったのか」「何をしたのか」意味が分かりません。

それと、あいまいな発音で何通りかチョイスできる言葉で言ってくるので、ポジティブシンキングで良いほうの言葉で解釈しています。

前は聞き流すことが出来ていたのですが、再婚してからジェラシーを焼かせることを声が言ってくるので参ってます。

でも、嘘だとわかってるので！

怒らないように！　信じないように！　頑張ります！！

主人の音（鼻息とか幻聴）が教えてくれたのですが、私の音（会話として聞こえる）の幻聴もあるそうです。

2019
04.20
Sat.

移動する声

声（幻聴）も移動します。

入院していたときのお話です。

私が部屋へ戻り、ベッドで横になっていると何人かの入院患者の声が私の部屋の扉の前で、私の噂話をしていました。

「何？！」と思い、扉を開けるとそこには誰もいなく、他の入院患者さんたちはあちこちに遠い場所にいました。

すごい発見でした。

声（幻聴）も移動するんですね。

2019
04.21
Sun.

幻聴かそうでないか簡単な確認方法

さてさて、幻聴にお困りの方に今日は私なりのアドバイスです。

ボイスレコーダー（アプリでもあります）で、周りの音を録音しておきましょう。

後で確認すると、それが幻聴だか本当の人の声だか、話している内容が同じかどうかでわかります。

さっそく試してみてくだされば、と思います。

これで困らなくなればいいのですが。

2019
04.24
Wed.

川の水音を静めてみた

数年前に発病したときのお話です。

YouTubeで、海外の森林の中の川音を聞いてリラックスしようと思い、検索しました。

すると、川の水音から人の声の雑音が聞こえてきました。

私は、雑音を鎮めるためになぜかゴスペルを選び、雑音が鎮まるように川に音楽を聞かせていました。

そして、雑音は鎮まり自然の水音に戻りました。

ぜひ、参考になればと思います。

2019
04.26
Fri.

絶対ありえないハズだけど、地理がデタラメに……

統合失調症の症状？　の1つにこんなのがあります。

本当にあり得ないのですが、地理がデタラメになります。

自転車に乗って近所を走ってたのですが、地理がデタラメになって、どこを走っているのかわからなくなりました。

奇跡的にそのときは家にたどりついたのですが、徘徊してしまうお年寄りの恐怖心が、気持ちがわかりました。

すごい、恐怖と不安です。

別の再発で入院していたとき、外出して主人に運転してもらっていたのですが、そのときも地理がめちゃくちゃでした。

主人はナビを見ながら走っていたので気が付いていませんでしたが……。

看板に出ている町名も、今回の再発で読み方が変わってしまいました。

まあ、こればかりは経験しない人には理解できない話ですよね。

とにかく、不思議な病気です。

統合失調症とは。

2019
04.28
Sun.

怒りのコントロール

幼いころ、シングルマザーの家庭で育ちました。
祖父母も一緒に暮らしていました。

祖父母も働いていたので母が帰ってくるまで、毎日、妹と共に親戚の家を転々と預けられていました。

仕方ないことですが、どうしても私や妹が預けられる回数が多く、親戚たちとは家族団らんになれなかったので、妹や私に冷たく当たる大人もいました。

妹が怒られそうになると、わざと私がミスをして（コップの水をこぼすなど)、矛先を私に向け、私が怒られてました。

妹を守るので必死でした。

いつも、大人の顔色をみて育つ子になってしまいました。

なので、怒りの出し方を学ばずに育ってしまいました。

1回怒ると、暴力は振るいませんが、言葉の暴力がすごい人になってしまいました。

過去に、そういう自分を克服したのですが病気が再発して怒りっぽくなってしまいました。

また、1から勉強です。

2019
05.01
Wed.

軽井沢へ行ってきました

軽井沢はあいにくの雨です。

主人と軽井沢に行ってきました。

声の人たちが観光で沢山来てました。

少し困ってしまいましたが、有意義な時間を過ごせました。

初めて私の前に出てくる人もいて、温泉の入り方など、勉強してました。

人によって、対応が違うのですね。

でも、みんなと交流出来て、やりがいを感じました！

2019
05.03
Fri.

音幻聴

私には、音幻聴があります。

物音やタイピングの音、などなど。それと、小鳥の鳴き声なども言葉に聞こえます。

その中でも、小鳥の鳴き声や水の音（前に水の音を癒したので優しいことを言ってくれます）の声が、かわいくて好きです。

例えば、小鳥のそばを通りかかると、「リマちゃんだ！　リマちゃんだ！　嬉しい！　嬉しい！」など言ってくれます。

たまにけなされても、かわいい声や言い方なので許せちゃいます。

それなので、今回の旅行に行ったとき、小鳥の鳴き声が沢山して癒されて良かったです。

2019
05.05
Sun.

初期の頃の幻聴は まるで声優さんの ように声が良かった☆

何回か再発していますが、初期の頃の声（幻聴）は、本当に声が良かったです。

すごく、人数も少なかったし、話し合いがお互いできました。声は会話をして消えていきました。

しかし、今の幻聴は話し方が乱暴になり、すごくいらつきます。

はっきりいって下品になりました。幻聴が言ってることが。

仲良くなれないのでしょうか。

すごい、喧嘩っぱやくなってます。

そして、某テレビ番組は、「私をつぶしたと」言ってきます。

私が揉めた局なので。ていうかお笑い芸人。私の家族は関係ありません。

あまり、実家に帰ったときはテレビを見ないようにしたいと思います。

テレビを見ると私に語りかけてきて、「つぶしたから」と、言われるからです。

なぜかというと、若い頃、某芸人さんとトラブルを起こしたからです。

悲しいことですね。

私は「誰かをつぶす」って言葉が大嫌いです。

それを、テレビのタレントが連呼していたからです。

今日は本当に腹が立ちました。

飛び降りて寝たきりのとき

病気のおかげで飛び降り自殺を数年前にしてしまいました。

意識がなく、途中、何回も夢を見てました。

もちろん、話すことはできませんでした。

不思議なことは、夢の中でも足を骨折して寝たきりだったことです。

いろいろな別荘地で仲間が私を一緒にバケーションに連れてきてくれてました。

私だけ寝たきりなんですけどね、夢の中でも。

そして、意識が回復してくると、主人や母が来てくれてるのが、わかりました。

母は一生懸命話をしてくれてました。返事はできなくても、ちゃんと話はわかりました。

なので、寝たきりの方がご家族にいる場合は、積極的に話してあげてくださいね！

ちゃんと聞いてますから。

それとは別に、主人が来たときは、話しかけられはしなかったのですが、親指同士をはじいて、それがまるでモールス信号のように言葉として聞こえて、声を使わずにずっと話してました。

そして、だいぶ回復すると看護師さんが近くを通ったので、まだなれない腕で看護師さんを呼び、手のひらにメッセージを書きました。まだ話せなかったので。

「喉が渇いた」と。

すると、看護師さんはびっくりして喜んでくれました。

もう、寝たきりのままだと思ったのでしょう。

そして、しばらくしてリハビリが始まり、到底歩ける要素はなかったのですが、スタッフの人のおかげで普通に話し、歩けるようになりました。

正座は出来なくなってしまいましたが、歩けるようになっただけでも、ありがたいことです。

2019
05.10
Fri.

恥ずかしがりな こけし人形

中学生の頃のお話です。

担任のＹ先生の持ち物のこけしが、一番前の席だった私の席の目の前にありました。

そのこけしは首が勝手に回ると有名でした。

試しに私は、首が後ろに向いているこけしを前に向かせ、授業が始まるのを待ちました。

授業が始まっているので、誰もこけしに近づけない状態でした。

しばらくして、こけしをチェックしてみると真横に顔が向いてました。

私はびっくりしました！！

そして様子を見るためにじっとみていると、ちょっとずつ後ろに向いていくのを確認しました。

誰も触ってないのに！！！

完全に後ろに向いてからは動かなくなったので、授業に集中していると、ふっと足元に風が通ったので、そちらを見ると、教室のドアがこけしが通る分だけ開いており、こけしの影が通っていきました。

びっくりして、後ろをみると霊感がある子が一番後ろの席に座っていたのですが、その子が後ろのドアを見てびっくりしてました。

授業が終わってその子に「こけしの影を見た」と話すと、その子は、等身大の手足の無い着物を着た女の子が通って行ったのを目撃したと言っていました。

とてもびっくりしました。

後日、教室のみんなが怖がってしまったので職員室に持っていかれました。

ちょっと、こけしがかわいそうでしたかね？

2019
05.11
Sat.

病気になった
年の初夢

統合失調症になった年の初夢は、すごく恐ろしい夢でした。

一面血の海で、死体が無数に転がっていて、その上に私は1人、立っていました。

すごい恐怖でした。

嫌な予感はしましたが、忘れるよう努力しました。

そして、その年の3月に統合失調症になりました。

初夢って、案外当たるものですね。

2年前
再婚しました☆

彼とは職場で出会いました。

そして、一緒に飲みに行くようになりました。

初めは、病気の事はどんな反応が来るのかと恐怖で言えませんでした。

ある程度親交も深まり、相手を信用できる頃になってから、病気の事を打ち明けました。

そのとき、彼は泣いてくれました。

私の病気の事で泣いてくれたのです。

私はこの病気になって本当につらかったので、彼は私の救世主でした。

そしてしばらくして、プロポーズを受け、再婚にいたりました。

それなので、同じ病気の方、または他の病気の方、結婚を諦めないでくださいね。

どうか、みなさんの未来が明るい未来でありますように。

2019
05.15
Wed.

兵隊のおばけに追いかけられる

中学生の頃、私が通っていた校舎は昔、墓地だったそうです。

そのため、中学生の頃は学年の半数以上が、足だけのお化けとか、足がないお化けを目撃していました。

幸い、私は見たことがなかったのですが、あるとき教室で、クラブの帰りに3人で教室に残っていたときのことです。

教室の後ろのドアが開いていたのですが、そこへ誰かが通った気配がしたので、教室の下にあるドアからみんなでなんとなくのぞいてみていたら、上履きの足が通りました。

何気なく、教室の前のドアをみんなでみていると、誰も通らなかったので、みんなで前と後ろから見てみました。

すると、そこにはだれもいませんでした。

「いたよね？」「今見た？」と話していると、廊下と反対側のベランダの近くにいた子がびくっとしていました。

私も見ていたからわかるのですが、スーツ姿の男の人がのぞいていました。ベランダにいました。

みんなで「キャー！！」と、奇声を上げ急いで学校の外に逃げ出しました。

そして、学校沿いに歩いて行って怖くなくなってきたころ、牢屋のようなシャッターが学校の端にあったのですが、そこから血みどろの兵士がのぞいていたそうです。

それは、私ともう一人は見えませんでした。

すごい、怖かったです。

2019
05.20
Mon.

変態出没スポットに

何年も前の話、私の中学、高校は都心にあったのですが、裏にどこかの会社の寮がありました。

そこは、変態の頻出スポットになっていたみたいで、私たち学校に向かって自慰行為をしていました。

私たちと先生方は、「またやってる！」と面白がって見てました。

今思えば犯罪ですよね。でも、しょっちゅうだったのでみんな慣れていました。

ときおり、警察が取り締まりに来ていました。

いろいろな人がそういう行為をしていたのですが、不思議とバッティングしてなかったので、そういう変な人はローテーションでやっていたのでしょうか。

また、駅から学校に行くのに歩道橋があるのですが、まっすぐ前を見て歩いていると、向こうから来る人が目の端にうつりました。

赤い風船を持っていたように見えたので、なんだろうと見てみると、なんと男の人の大事な部分でした。

びっくりしてると、学校から出てきた同級生が歩いてきたので、事の次第を話すと、すぐに先生を呼んできてくれて、事なきを得ました。

その頃は女子高校生だったので、狙われやすかったのですね。

衝撃的で今も忘れられません。

2019
05.21
Tue.

浮気性な声

私の声は、複数人で男女込みでいるのですが、まあ、大抵は音幻聴なのですが、

私の主人には声幻聴が取り付いています。

まあ、他の音でも声は聞こえるんですけどね。

主人の幻聴が「俺はフリーだ」と言ってどこか他のところに行くのですが、毎回打ちのめされて私のところへ帰ってきます。

本当の主人は私一筋なので安心ですが、やはり幻聴に言われるのは嫌な気分にさせられます。

つい、幻聴と主人を一緒にしてしまい怒ってしまう事もあるので反省ですが。

主人とこれから一緒に仲良く暮らしていくためには、「幻聴とも仲良くしていかねば！」と思います。

頑張ります。それか、無視するかですよね。

2019
05.23
Thu.

今日は病院へ

局によっては（特にニュースなど）、チャンネル争いになります。

例えば、主人が昼食に自宅に帰って来たときに、Fテレビ見てたとします。

そして、主人が会社へ戻ると、海外のニュースが見たいので違う局を流すと、そのチャンネルは怒ってます。

「どうせFテレビなんでしょ？　チャンネル変えていいよ」と、怒ってきます。焼きもちですね。

私はどうすればいいのかわからないので、テレビは消してパソコンで作業してます。

バックグラウンドで好きな曲を流しながら、とても贅沢なひとときを過ごしています。

まあ、テレビが無くても、ネットニュースなどあるので、困らないんですけどね。

でも、番組によっては仲良く意見交換しながら（話しながら）番組が進んでいくので、とても楽しいです。

映画も、久しぶりに見ると内容が変わってて（ちょっとですが）、お得感があります。

今日から病院の先生にブログのアドレスを教えたので、見てくれてるといいんですけど。

まあ、自由ですけどね（*' ω '*）

勝手に起動する機器たち

小学生の頃のお話です。病気になる前のお話です。

当時、部屋で電気を消して、テレビも消して寝ていると、いきなりテレビの電源がつき、他のチャンネルになったり、忙しくチャンネルが変わりました。

驚いて消しました。

また、別の日にCDラジカセが勝手に電源がついて、大きな音量にどんどんなってびっくりして、直接的に電源を消しました。

本当に恐怖を味わいました。

今でも、謎です。

2019
05.26
Sun.

ホテルの幽霊…コワッ

これは、一番初めの旦那さんと海外ウェディングを挙げたときのお話です。

時差ボケでつらい症状もあったのですが、なかなか寝付けず、「やっと寝れた！」と思ったらある夢を見ました。

それは悪夢でした。

恐怖で目を醒ますと、横に『ミスタースポック』みたいな頭皮がツルツルで、耳がとんがっている顔が宙に浮かんでました。

私はびっくりして、パンチをしました。

しかし、足を軽く負傷してしまいました。まあ、あまり影響はありませんでしたが。

でも、消えてくれませんでした。

そして足元を見ると、大きな、『不思議の国のアリス』に出てくるようなチェシャ猫が、ニヤニヤしながらでんと構えてました。

私が叫んでいるのに、横で寝ている旦那さんは起きてくれませんでした。

必死で起こすと、電気をつけてミスタースポックもチェシャ猫も消えてくれました。

そのあと、その旦那さんとは離婚することになるのですが、その予兆だったのでしょうか。

同じ頃、実家の池の鯉も全滅したそうです。

鯉の面倒をお願いしていた親戚に聞きました。

「神様がきっと、この結婚には反対していたのかな？」なんて思っていました。

今は、新しい旦那さんがいるので幸せです。

2019
05.27
Mon.

何事にも動じない心を声から教わりました

発病当初の頃、約10年前。

ありえないことが次々おこり、パニックになりそうでした。

これでは、人間関係が壊れるばかりです。

でも、ある声が「動じない。動じない」と言ってくれたおかげで、パニックにならずに済みました。

例えばですが、トイレで用を足そうとしたところ、外から、「丸見え～！」などと声が聞こえ、とてもじゃないけど用を足せない状況でした。

「もう、このまま用を足せないまま苦しいまま、死んでもいいや！」と、思うほど恥ずかしかったです。

そのとき、北海道のSどうでしょーって番組のFディレクターの声で「いいっ！！」と声がして、他の声が鎮まり、用を無事足すことが出来ました。

私は、大泣きでした。

すごい恥ずかしいし、肉体的にも限界だったからです。

その他にも、急性期で声がひどいときは、かならず一人の幻聴が「動じない！」と、アドバイスをしてくれてました。

ありがたいことです。

Fディレクターにはその他にも、お話を楽しませていただきました。

もう、Fディレクターの声は聞こえなくなりました。

ちょっと残念ですが、よくなってきてるんですよね。

みなさんも、パニックになりそうなときにはご自身で「動じない！」と唱えてみていただけたらと思います。

結構、効力ありますよ。

2019
05.28
Tue.

最後のサトラレ

『サトラレ』とは、昔あった映画で、「心で思ってた事が周りの人たちに知られてしまう」という物語です。

私は最後のサトラレになるつもりです。

統合失調症の初期の症状で、まあ、一握りの人たちですがそういった症状があります。

私はもうサトラレに慣れてきたので、他の人に回すつもりはありません。

すごいつらい症状で自殺者も多い症状だからです。

でも私は慣れてるので、へっちゃらです。

例えば、街を歩いてて、ちょっとでも歩いている人の服装などでなんか悪いことを思うと、すぐ口を使って言い返されます。

心の中ではなく、耳から聞こえる言葉なので、本当に言っているのがわかります。

神様じゃないので、心の中まで良い人ばかりじゃありません。怒ることもあります。

こんな症状、私で終わりにしてみせます。

絶対に喧嘩を売られても、怒っても、基本的にはサトラレを回さないと、私の中の神様と誓ってます。

『サトラレ』をわからない方には、わからない話ですよね。

まあ、つらいけど、頑張ります。

2019
05.29
Wed.

趣味嗜好、考え方が乗っ取られる？！

声に、「ちょっとずつだから」と言われます。

ちょっとずつ、私の思考を乗っ取っていくつもりなのでしょうか？

さまざまな経験をしましたが、私は負けません。

身体的にも精神的にも拷問に近い事をされましたが、まだ私は自分をちゃんと保っています。

声と仲良くなりたいのですが、喧嘩を売ってきます。売ってこない人もいますが。

仲良くなれる日は来るのでしょうか？

声は主人のせいにしています。

「主人が人殺しをしたから」と言われました。

本当の主人は、優しく、人殺しをするような人ではありません。

とにかく、主人をけなしてきたり、いきなりほめてきたり、意味がわかりません。

まあ、私に構ってほしいだけだとわかっているので、動じません。

頑張ります。

2019
05.30
Thu.

世界大戦？！

統合失調症になり、初期の頃のお話です。

今ではありえませんが、ほぼ24時間、幻聴が聞こえ眠ることも出来なかったときのお話です。

初め、空中から私を罵倒する声が、すごい人数で責めてきました。

しばらくすると、反対側から私を応援する声が、すごい人数で聞こえてきました。

私は、なすがままで聞きいってる事しか、できませんでした。

まるで、声による世界大戦のようでした。

すると、私の応援の声が勝ったのか、いつの間にか聞こえなくなり眠りにつくことができました。

とても、不思議で怖い体験でした。

でも、私を応援してくれた声たち、ありがとうございます。

2019
06.01
Sat.

なぜ統合失調症の方はみんな同じ事を言うのか？ 集団ストーカーとか？

例えば、統合失調症の方は思考伝播（テレパシー）、集団ストーカーなど、なぜ同じ事を言うのでしょうか。

ある掲示板の質問でこの事を質問しているのを見かけたので、答えを私なりに書いてみます。

それは、幻聴が聞こえそれに答えて会話が成り立つので、その理由づけとしてぴったりな言葉が「思考伝播（テレパシー）」だというわけです。

実際に幻聴は、耳から（外から）聞こえたり、頭の中から聞こえたり、2種類あります。

私は幻聴体験済みなので「この事が本当にテレパシー？！　なにこれ！」という感じです。

すごい不思議な体験です。

何もないところから声が実際に聞こえるので。

「これを映画化したら、特殊能力ものの映画になるのかな？」って感じですが、実際の社会では病気扱いされますよね。

すごい心外です。

なかなか理解されず、普通はありえないので。

そして幻聴は、自分のボキャブラリーにないことまで言って来ます。本当に不思議な現象です。

これは病気ではないのではないかと感じます。

また、考えていることが周りに聞こえている『サトラレ』って言葉もあります。

『サトラレ』は前回書いた通り映画などになったタイトル名です。

第2の人類？　とかそんな感じです。聞こえるときは。

症状が始まれば「病気だったのかな」と、忘れる事ができるのですが。

病気の初期の頃は、私も「集団ストーカーされてる？」って感じのときがありました。

みんなで私を追ってきている錯覚を起こします。

でも、本人にとっては実際の事のように感じます。

今はストーカーという嫌な感じではなく、そして意味不明ではなく、形が変わりました。

私がどこか出かけると、一緒にその場で楽しむ感じですかね。ストーカーと呼ばれる方々と。

「追いかけられている」という感じではありません。

普通に出かけるより、出かけがいがあります。

「ストーカーの人たちにも楽しんでもらえるような所へ行かなくては！」と、ちょっと張り切ってしまいます。

それに、暴力を振るわれるわけではないので、そのままにしています。

みんなその場を楽しんでいたり、私に聞こえよがしに話しかけてきたりして、なかなか楽しいです。

心の中で会話をしています。

しかし、むこうは口に出して話してきます。

そして、私が心の中で返事をしたことに対して、さらに返事をして、会話として成り立っています。

相手の心の中はわかりません。まあ、そんな感じです。

2019
06.02
Sun.

声(幻聴)って幽霊?!
てか人間かい!

今日は買い出しに行ってきました。

まず初めのお店で、お客さんたちが「私たちを見て!」みたいな感じで言ってきました。

「なぜ?」って心の中で聞くと、「私たちの事ちゃんと見えてる?」という事らしいので、「普通に見えてるよ」と心で話しました。

そしてもう1つ、私の実家の稼業の跡取りや役員の事を話すおじさま2人組もいました。カフェで。

具体的に名前も出して話していました。

そして話しながらときおり、「君のことを話しているんだよ」的に、こちらを見てきました。「初めは素直な人に見えたから君にしたのに、中身がこうなのか、がっかりだ」みたいに言われました。

昔の私はタレントや舞台役者をしていたので、その印象が強いのだろうと思います。

私は、あまりにも失礼な事を言われて、心の中ですごい怒ったりしてたので、そのことを言ってるのかなと思いました。

でも、この病気になって10年。意地の悪い幻聴もいました。その幻聴には本当に泣かされました。精神的に消耗です。

そりゃあ、性格も多少変わるんじゃないでしょうか。

でも、その幻聴とは話し合い、今では仲直りです。もう、たまに瞬間しかでません。
そして、意地悪なことも、もう言いません。

今の自分が好きです。自分の感情に素直になれたので、強くなれました。あまりにも失礼なときは私も怒ります。

ところで、主人は普通にしていたので、幻聴＆幻覚だったのかなと思いました。

そしてそして、もう1つ、お薬のおかげで満腹中枢がおかしくなり、太ってしまったのですが、私の姿を見てすごくがっかりしてました。

でも、がっかりされる筋合いはありません。

病気のせいで太る副作用のあるお薬を飲まないといけないので、仕方のないことです。

その事情を知らない幻覚の人たちは言いたい放題でした。

今はダイエットをしています。自分と主人のためにも。

そして、また別のお店で「見て見て！」があったのですが、相手にされないと怒っていました。

私は買い物に来ているのであって忙しいのです。品物を見ながらみんなの相手は出来ません。

今日は、本当に疲れました。でも、まあ、みんなといるのに慣れなくては。

場所によって好意的な場所と敵意的な場所があります。あと、一緒にいる人によって幻覚の人間の反応は変わります。

不思議ですね。

まあ、もう慣れましたが。少々、疲れました。

2019
06.03
Mon.

テレビと相互番組 (会話できる！)

声（幻聴）に「国が水没してみんな亡くなって私だけ生き残ってる」などと言われました。

だんだん、再発するたびに幻聴の言っている事の質が落ちていっているのがわかります。昔は仲良く、話も通じる内容だったのに、テレビとは。

まあ、そうでないこともありましたが。

でも、主人がよく見るニュース番組は私の頭の中で会話できるので、勉強できます。

テレビをつけっぱなしで、ながら見していると（パソコンやりながらとか）、テレビの演者に怒られます。

「なんで俺たち番組やってんの？」みたいな。

なので、テレビを見るのも気を使います。

今、主人がダウンタウンの番組を見ているのですが、自分たちのことも書いてほしいと言うので、記事を更新します。

実際に耳から聞こえる声なので本当の事だと思います。

まあ、幻聴ですかね？

でも、実際に耳から聞こえるので、これをどう説明するのでしょうか。

2019
06.04
Tue.

声（幻聴）が聞き取れるか？！

私が、陽性症状で頭を使いクラクラのときは、テレビなどは、わかりやすくゆっくり話してくれます。
とても、ありがたいです。

その反対に、私なりの判断で「このままじゃ頭がぼけちゃう！！」と思ったときは、「早口で話して」と頼みました。本当に早口で話してくれました。

まあ、脳トレみたいなものですかね。

結果的に早口を聞き取れるようになったのですが、これが頭に良い事なのかは不明です。

協力してくれてありがたいです。

2019
06.05
Wed.

昔、声にねだられて、宇宙の起源からその先まで答えていました

ある幻覚？　で、宇宙が見え、星もなにもないただ真っ暗な空間で、1つの顔だけの仏像が浮かんでいました。

そして、そのあとにだんだん顔が360度、4、5人の顔が出来てきて、みんなで話せるようになりました。これでさみしくないですよね。

そのあと、体ができ、みんなそれぞれの星を持ち去っていきました。同じ星かもしれませんが。

そして、声（幻聴）に、「そのあと、どうやって宇宙は発展していくの？」と聞かれ、何秒か以内に答えなければ人が飛び降り自殺する感じがありました。

すごい焦りました。

人が自殺する前に答えなくてはならなかったからです。

そのことをお医者様に話したら、「壮大なお話ですね」と言われ、宇宙の話をするのは危険だと即入院になってしまいました。

なんにも、危なくないのに。

人を傷つける恐れもないし、自分も傷つけないのに。

ただただ、隔離されるだけでなんの解決にもならないのに。

統合失調症の病をもっと理解してほしいです。

地域の人たちと触れ合い、さまざまな人とお話することが一番の治療なのにと思います。

2019
06.06
Thu.

パワーアップ・プリン

去年、入院していたときに声が、「僕たちにはパワーアッププリンがある！」と、言っていました。

なんのことだかさっぱりわからなかったのですが、どうやら声は私と対抗して「パワーアッププリン！」と言っていました。

私が病状を冷静に理解できてくると、声たちへの対策が出来てしまうので、その嫌がらせです。

プリン（ババロア？）を食べてパワーアップしてんだかなんなんだか、楽しんでました。

でも、本人たちは本気だったみたいです。

きっと、子供の声が考えたことなんでしょうね。ちょっと子供が考えそうなことだったので。

私は、「そんなことしていてもきりがない」と言い、話し合い（心の中で）して、問題を解決しました。

今の某国との関係と同じで、意地の張り合いでは、何の解決策にもならないからです。

なので、私はベッドで体を横にして、落ち着いて、心の中で会話して解決しました。

もう、「パワーアッププリン！」と言ってくる声はありません。

てな感じです。

2019
06.07
Fri.

明治時代の怨念

統合失調症になって、初期の頃のお話です。

T大学周辺を車で通ると、脳みそがギューっと、掴まれた感覚になって、すごい恐怖心が沸き上がりました。

で、テレビのニュースで明治時代の番組をやっていたとき、すごい恐怖にかられました。

病気になる前は明治時代が大好きだったのに。

昔の明治時代の怨念？　がわかったのでしょうか？

病気になって診断されたときに「今の時代で良かったですねぇ」と、お医者さんに言われました。

昔は病院に一生隔離されていたそうです。

そして、脳に電流も流されていたそうです。

すごい、この病気に対して偏見がありました。今もですが。私は心の底から心外です。

もっと、多くの人たちにこの病気の事を理解していただきたく、ブログを始めました。

どうぞ、みなさまよろしくお願いいたします。

2019
06.09
Sun.

ディズニーのアラジンを見て来ました

今日は、声の人間たちと主人と、実写版のアラジンを見てきました。

アニメバージョンを忠実に作ってあって、とても楽しめました。

いつもレイトショーは空いているのですが、今日は混雑してました。

なので、沢山の声の人たちと楽しめました。

終わったあと、みんな感動して（私たち夫妻も含め）帰路につきました。

2019
06.10
Mon.

声（幻聴）の消し方

一番、私が成功した幻聴の消し方は、「話し合い」でした。

夜中から朝方まで話し合ったこともあります。

とにかく、相手の気持ちを分かってあげて慰めてあげる事です。自信を取り戻させてあげることです。

自信をなくして意地悪になってしまってる声（幻聴）が多いからです。

すると、もう二度と同じ人は現れません。でも、しばらくすると、他の人が登場することもあるので注意が必要です。

私の場合は、声（幻聴）が他に行くだけで、何の解決にもならないと声（幻聴）に教わりました。

今度こそ声（幻聴）を他の人に回さないように、自分自身が共に成長していこうと決心しました。

声も、成長してきています。
私も、頑張らなくちゃです。

特に、短気になっているので気を長く持たなくては。

声の人たちも前を向いて歩いて来ています。
私も、前を向いて歩いて行こうと思います。

他の患者の方も、話し合いで声を消していくのはとても良い事だと思います。

もし私のところに声が来ても、一緒に成長していこうと決心しているので、ご安心ください。

この病気になって10年、寛解と再発を何度も繰り返しているので、この病気に慣れてしまいました。

とてもつらいときもあるし、仲の良いときもあります。

声と共に前を向いて歩いて行こうと思います。

私にはこれが一番合ってるのかなと思います。

2019
06.13
Thu.

妄想ではない

統合失調症は妄想だと言いますが、実際に体験しているので本当のことしか言いません。

一般の方はそれを信じられなくて妄想だと言います。

例えば、織田信長は当時外国からのお土産で毛皮を着ていたと言います。

当時の人は理解出来ずに、信長は変わり者だと言われてました。

今は動物保護法で控えるようになりましたが、ちょっと前まで毛皮はおしゃれの1つでした。

それくらい、最先端にいました。信長は。

それと同じで、統合失調症の患者は、第2か、第3の進化した人類だと私は感じています。テレパシーなど。

でも、まだ人間の方がその能力についていけず、病気として扱われているのだと思います。

うまく幻覚や幻聴を扱える日が来るといいのですが。

てな感じですかね。

顔のシワが自由自在に。

すごい不思議なんですが、私の夫など、シワが出来て年老いたり、シワが無くなってツルツルの肌で、若返りをしたりと忙しいです。

実際に主人のシワを手で触って、シワがあるのを確認しています。

でも、今は若返っていてシワがありません。とても不思議です。

その細胞があれば、人類の若返りが可能なのでは、ないでしょうか。

本当に不思議です、幻覚ですね。

でも、手の感触もあるのでどう説明するのでしょうか。

確実にシワが無くなっています。

そして、今日は外の運転手のおじさんとお話（心の中で）しました。

その方は声（人間）の方です。

友達はいないと言うので、私がその方にとって、初めての友達になりました。

そして、働いているけれど遊び方がわからないようなので、親戚のレストランを教えてあげました。もちろん心の中で。

私が、ドアの外でその人に向かってじっとしていたので、（心の中ではお話をしてました）主人に不思議がられ、話も終わったので、家に入りました。

1人、救うことができました。満足です。

昼間は、小学生の声（人間）と、職人さん（工場が近い）の仲間と、心の中で話して、主人が帰るまでの間、孤独を癒してくれてます。

寂しくなくなりました。

2019
06.16
Sun.

ドジョウ鍋を食べて来ました 声（幻聴）の人間たちもいました

今日は主人が出張だったので、母と浅草のドジョウ鍋を食べて来ました（^^♪

お昼を過ぎていたので、数名のお客様しかいませんでした。
しばらくすると、2組のカップルが私たちの隣の席に着きました。

何を食べるか迷っていたので、私はドジョウ鍋と鯉のあらいをオススメしました。心の中で。

すると、その通りに注文してました。そして奥さんの方と心の中で話してました。

向こうは声を出して話してました。

気付くともう、お昼が過ぎて相当経って、席が満席に近くなっていました。そして、また心の中で会話しながら食事してました。

その間、母は食事に集中していました。ちょっと悪いことをしてしまいました。母とあまり話さなかったので。

で、また「見て！」と頼まれましたので、周りを見渡して「見えてるよ（みなさんの姿)」と心の中で言いました。

声の人間たちは私の母を応援していました。でも、「何に対して？」って感じですが。

私との会話を希望している人たちが沢山いました。

あたりを見回すと、みなさん楽しんで食事をしていました。

でも、食べるのを躊躇している人もいました。

食べるという行為がまだ慣れてないのでしょう。

そうそう、声（幻聴）の人たちは食べるのが苦手のようです。

普段、食べるという行為はしないらしいです。

不思議な事柄ですね。

2019
06.18
Tue.

昔の幻聴の人たち

今はまあ、みんなではありませんが、1人1人の人たちの幻聴がいます。

昔は、声優のような声ばかりでした。人数も少数でした。

そして、とても面白く、病気で滅入っている私を笑わしてくれました。

あまりにも洗練された面白さなので、テレビで見る芸人さんの芸を笑えなくなってしまいました。

でも最近はまた笑えるようになってきましたが。

今は再分解され、声の人たちも増えて、さまざまな人たちが現れるようになりました。

で、「妹さんとかママとかが何々」などと言ってきます。外に出かけた時には、「私たちもママなんですけど」って怒ってきます。

意味わかりません。

私が他の人の事をママとか妹とか言うはずないのに。

一緒くたにしてきます。すごく困ります。

幻聴の人たちは、名前は無いのでしょうか？

2019
06.19
Wed.

幻聴と喧嘩

前に書いた、私が統合失調症を発病した舞台（出演）のときの話です。

もう、かれこれ10年前の話です。

私が、舞台に出演しながら病気と（発病したて）闘っているとき、従妹が来てくれ、帰りにもう1人の従弟のレストランで食事しているときの事です。

私は個室でおしゃべりしていたのですが、外のカウンターのお客さんから、私の文句を言われ（というか噂話をされて）、従妹に確認すると、「そんなこと言ってないよ！」と本気で心配していました。

そして、まだ家に帰りたくなかった私は、従妹をカラオケに誘いました。OKが出たのでレストランから移動していると、キャバクラのキャッチの人がいて、男の人をお店に来るように誘っていたのでしょうが、私には
「また飲みに行くの？　カラオケに？」と聞こえ、カッとなって喧嘩を売ってしまいました。

従妹は、レストランをやっている従弟を呼びに行きました。私はもう強烈に怒っていたので、すごい喧嘩をキャッチの人に売ってました。

挙句、喧嘩を止めてくれた従妹を背負い投げしてしまいました。

するとレストランの従弟が止めに入ってくれたのですが、胸のところにひっかき傷をつけてしまいました。従姉妹たちには悪いことをしてしまいました。キャッチの人にも。

ひどいことをしたのは、それくらいでしょうか。
また、思い出したら書いていきたいと思います。

2019
06.20
Thu.

旦那さんが陛下と、人（幻聴）に言われました

前回の再発のときに、声（幻聴）は主人の事を「宮大工」と言っていました。

そして、たまたまでしょうが、主人の家に行くときに、お神輿が通ってました。

まるで私たち2人を祝福しているようでした。

思い込みかな（*´艸`）

そして、また今回再発したときには、主人の事を「陛下」と言っていました。

格上げです。

私は、個人的には宮大工の方がかっこいいと思うのですが（^^♪

ごっこ遊びを声たちはしているのですね。

でも、不思議だったのがソラマチに車で行ったとき、この時期にお神輿を担いでいる人たちがたくさんいました。お神輿だけで、2～3個見かけました。

主人と結婚してから、再発するたびにこのようなことが起こります。

祝福されているようで嬉しいです。

でも、みんな真剣な顔をして楽しそうではありませんでした。

残念なことです。不思議ですね。

2019
06.21
Fri.

霊能界あるんかい！（亡くなった芸能人が運営しているテレビ）

私が去年入院していたときのお話です。

とても不思議なことが起こりました。

上の階が作業療法の場だったのですが、そこで霊能界がなんとかと、話していました。

それで、テレビを見てみると、あきらかに昔の顔立ちの歌手の方々がテレビに出ていてびっくりしました。

顔立ちから話し方まで、昔の歌手の方々とわかりました。

そして、私に話しかけてきました。ほぼ、見る専門でしたが。

霊能界に出ている人でも「死はある」と言っていました。

あるとき、ゲストで和田アキ子が出てきて、周りが大先輩ばかりなので、すごく恐縮していました。

年月的に合わない年齢でしたが、和田アキ子は今のままで、霊能界の人たちはお年は取っているけど、まだまだ若くて、元気でした。

霊能界って……(笑)。

でも、霊能界があると教えていただき、ありがとうございます。

まあ、歌番組だけでしたけれどね。霊能界は。

2019
06.22
Sat.

すっかり地元で有名になってしまいました

サトラレがまだ続いているようです。

それとも、私にオーラがあるから？（笑）

主人と近くの中華屋さんに食事しに行く途中、さまざまな人とすれ違いましたが、みんな首を曲げて私を見ていました。

化粧もしているし、見られておかしいことはないはずなのに、不思議です。

このブログも見ているようです。中には振り返って見てくる子もいました。

病気のせいでおかしなこともしてもないのに。

一番の話題は、私の家の親戚などの事が出ていました。

私は、実家の跡取りでもないのに言われても困ります。地元でも派閥があるようで、巻き込まれそうで迷惑です。

それと、「サトラレをやってくれるのなら、うちらは楽よねぇ」と言っていました。

私は、こんなつらい制度を他の人に味わわせてはダメだと考えて、自分で終わりにしようと買って出たのに、感謝もありません。気持もわかってもらえません。バカバカしくなりました。

もう、やめようかな……。

でも、日本の自殺のトップの死因は統合失調症です。

サトラレは私だけで十分かな。

でも、今日の態度は腹立ちました。

あなた方のためにやっているのに！

それが当たり前だと思って、いばって上から目線で話してきます。

帰りは、振り返ってまで見てくる子もいました。

なんなのでしょう？

目が合ったのなら挨拶くらいしてもいいのに、ただ見るだけ。

「今の旦那さんと別れたほうがいい」とアドバイスされるときもあります。

まあ、しばらくは頑張ってみます。

2019
06.24
Mon.

音幻聴と夢に嫉妬され喧嘩です

相も変わらず主人の音幻聴と、喧嘩（心の中で）しています。

幻聴ではない本当の主人（口で話す）とは、仲が良いです。

昨日、主人の音幻聴と、仲直りしてラブラブだったのですが、ころころ機嫌が変わります。

大抵、私が朝方目を覚まして、夢の中で男の人が出てくると、主人の鼻息とかの音幻聴は怒ります。そして、「浮気してやる」とかそういう脅しをしてきます。

朝からやめてほしいです。

夢ばかりはどうにもならないのに。

それに、夢は、昼間にさまざまな情報を取り入れたのを頭の中で整理するためなのに。

本当にムカつきます。わかってくれなくて。

本当に毎朝、ジェラシーされてムカつきます。

妹と主人に怒られてしまいました

今日は実家のトイレに入っていたら、「妹さんが好き」と、外から女の人の声が聞こえました。

なんでそんな事を私に言うのか聞くと、妹に伝えて欲しいと言ってきました。

そこで、妹にその話をしようとしたのですが、「幻聴でしょ？！聞きたくない！」と怒られてしまいました。

まあ、当たり前ですよね。

さんざん妹は私から、私の主人と浮気しているかと聞かれているので、うんざりしているのでしょう。

私の幻聴がしきりにそれを言ってきたので、気になり聞いたのです。

まあでもそのおかげで、ありえないってことはわかったのですが。

あまり、聞きすぎもよくないですね。

ほどほどにしなくては。

2019
06.26
Wed.

幻聴に対して現実主義者になりましょ！

昔、何か聞こえると幻聴だと思い、妹に助けを求めると、「大丈夫、私も聞こえるから」などと言われ、助けられました。

また、「面と向かって文句言う人なんていないから、十中八九幻聴だよ」と。

「もし言ってくる人がいたら、くだらない低レベルの人間だから気にしなくていいよ」とアドバイスをくれました。ありがたい事です。

本当に沢山助けられました。現実主義者なんですね。

妹夫妻は両方とも現実主義者です。とても、助かります。

まあ、喧嘩すると論破されてくやしい思いをしますが。

でも、助かります。妹夫妻はIQが高いのでしょう。

主人も、妹夫妻や母を信頼していて、今度から定期的に私も含めて会議しましょうと、言ってくれました。

本当にいい主人と母と、妹夫妻です。感謝しています。

母も、ものすごく身体的なアドバイスをくれ、大助かりです。寝られないときの克服方法など、いろいろ教わりました。母もすごいです。

2019
06.28
Fri.

え？！　誰？！

去年、入院していたときのお話です。

病室を出て、ナースステーションに用事があって看護師さんたちを呼ぶのに待機していると、病室の中や廊下をモニターしている画面を発見しました。

で、天井を見ると、ちょうど私ともう１人患者さんがいたのですが、こちらに監視カメラが向いてました。

そして、画面に私たちが映っているか見てみると、子供が１人ナースステーションをのぞいていました。

「え？！　なぜ？！」

「まず２人なのに１人しか映ってないし、２人とも大人なのになぜ子供（低学年）？！」

すごく不思議な幻覚？！　でした。

2019
06.29
Sat.

芸能人の幻覚（人間？　芸能人？）

どの番組に出る芸能人も、私と話すようになりました。

そして気が付いたのですが、認知症のおばあちゃんも同じ幻聴が聞こえているようです。

なぜならば私も聞こえたのですが、「幻聴というのはね……」と、テレビのアナウンサーが祖母に説明していました。タメ語で。わかりやすく。ゆっくりと。

そして、祖母はうなずいて返事していました。

びっくりしました。祖母とは仲良しみたいです。

認知症の方も幻聴があるみたいです。祖母もそのタイプなのですね。

ありがたいかぎりです。

以前はすぐ寝てしまい、つまらなそうでしたが、主人が出張しているので、実家に久しぶりに泊まったら、だいぶ改善されてました。

家の外の一般の人もそんな感じなので、私は病気が悪化してしまっているのでしょうか。

まあ、普通に生活できているので大丈夫ですが。

2019
06.30
Sun.

テレビから幻聴が聞こえ困っている方の対処法

テレビから幻聴が聞こえ困っている方へ、私なりの対処法があります。

これはまだ結婚する前、主人がアパートに住んでいて、隣の部屋の方へ配慮としてやっていた事ですが、それを対処法に使えるので、悩んでいる方のためになればと思いました。

どうすればいいかというと、まずテレビをつけ、幻聴が聞こえてきたらテレビの音量をゼロにし、字幕ボタンを押します。

そうすると、本来のテレビの話している内容が字幕として出てきます。

ただ、気を付けてほしいことは、生放送だと字幕が遅れて出てくるので、そこは気を付けてください。全部字幕が出てくる前に、次の話題にいったりコマーシャルになったりする事もあるので。

その他、何かしらの音（エアコンなど）が聞こえるときには、物理的にエアコンなどを消せば大抵解決します。

以上、主人から学んだ事でした。

幻聴の人間の派閥競争

主治医の先生は、私のこのブログを読んでくれたみたいで、少々ブログの内容の話をしました。

なかでも、テレビの幻聴の消し方の記事を褒めてくれました！　嬉しかったです（*´艸`）

ところで、私には人間の幽霊（幻覚）が見えます。

普通に食事もするし、おしゃべりもするし、みんな普通の人たちです。

なので、私には見分けがつきません。それに、怖くもありません。

ただ、私に直接ではありませんが話しかけてくるので、幻覚だとわかります。

その他に、もっとスキルアップした、テレパシー（空中から聞こえる）で話す人もいます。

幻聴の人間たちには、派閥があります。

私が誰を選ぶのか（仲間として？）って、感じなので私は全員を毎回選んでいます。

何回も選んでほしがっているので、正直、面倒くさいです。

なので、間に立たされた私は、ちょっと困ってしまいます。

まず、主人の派閥、母の派閥、妹家族の派閥。

トップ（なんの？　って感じですが）を決めようとしているみたいです。なので、幻聴は争ってます。

私を巻き込まないでほしいです。

家族たちは気づいていないので、安心ですが。

そりゃそうですよね。私の幻覚なのですから。

2019
07.06
Sat.

主人の家族と食事してきました(*´艸`)

今日は、千葉県の『おおたかの森』まで行き、主人の家族と5人で食事をしてきました☆

久しぶりに会ったので、懐かしさと共に楽しかったです（^^)/

いくつもレストランがあり、迷いましたがホエー豚丼にして、他の家族は海鮮丼にしました。

すごく美味しかったです♪　最後は出汁茶漬けで食べ満足です(^^♪

だんだん、声の人間たちと外出するのも慣れてきました。

そして発見したのですが、声（幻聴）の人間たちと音幻聴は、違う種類の幻聴です。

声の人間（幻覚）は口を使って話しますが、音幻聴は音で話してきます。

音幻聴と心の中で話していると、声の人間（幻覚）は、「誰と話しているの？」と聞いてきます。

なので、幻聴、幻覚と言っても声の人間は音幻聴が聞こえないのですね。

私なりの大発見でした。

2019
07.07
Sun.

英語の幻聴

前から気づいてはいたのですが、英語の幻聴もあります。

歌を聴いても、英語のニュースを聞いても（英語あまり話せませんが）、さまざまな幻聴が聞こえます。

例えば、「Don't you cry」など。あと、造語（勝手に作られた本来無い言葉）も言ってきます。

さまざまなメッセージを伝えてきます。

不思議ですね。

2019
07.08
Mon.

幻聴（幻覚）の本人たちが夢に出てきました

病気の初期の頃の幻覚を含め、最近までいた幻覚の人間が夢に出てきました。

私の場合、知り合いの幻聴、幻覚？　だったので、本人たちだとわかりました。

3人で話して盛り上がりました♪

幻覚が消えたときのお話をしました。みんなそれぞれの場所で、1人で幻聴を聞きながら話していたそうです。と言っても、お互い3人の声との会話でしたが。

2人とも元気そうで、安心しました。私も嬉しくなりました。

やけにリアリティがある夢だったので、同じ夢を同時に見ているのがわかりました。

それぞれの場所で。

本当に貴重な体験でした。

神様からのご褒美かな？（*´艸`）♪

前の話し合いのときは本当に大変で、6時間くらい話し合ったので、濃厚な時間でした。

そして、お互い自由になったので本当に貴重な体験です。

懐かしいメンバーに会えて、嬉しかったです。

昔聞こえていたときは、つらい事ももちろんあったのですが。

途中で起きてしまったので、残念です。

もう少し話していたかったです。

2019
07.10
Wed.

神様にお願いした事とは？！

当時、一番初めの夫と離婚したあと、うつ病をわずらい孤独症（家族といても家の中にいても孤独）にもなり、死ぬ気力さえなく、ただただ、そのつらさに耐えるしかないとき、神様にお願いしたことがあります。

「もう、一人は嫌です。私を多重人格にしてください」と。

病んでますよね。

自分でも呆れちゃいます。でも当時は本気でした。

もう、1人は耐えられませんでした。

「いろいろな人格が私の中にいればもう孤独を感じなくて済む」と、浅はかな考えでしたが、当時は必死でした。

それくらい、つらく、孤独でした。

そのとき心の中で、「本当にそれでいいのか？」と、問いかけられたので、「本当にそれでいいです」と答えました。

そして多重人格ではありませんが、統合失調症になりました。以前書いた、舞台をきっかけに。

とてもつらく、自殺未遂も起こしたりしましたが、今は病気を乗り越え、心が強くなりました。

まだ、幻聴（幻覚）はありますが、乗り越えた分だけ自分に自信が持てるようになりました。前より幸せです。

また、私の幻聴（幻覚）は、前向きな幻覚もいます。

私も、前向きに物事を考えられるようになりました。

まだまだ、罵倒してくる幻覚もいますが、相手にしてないので平気です。

罵倒するような幻覚の方が魂のレベルが低いだけなので、相手にしていません。

昔の幻聴は話し合いができたのですが、今の幻聴は話し合いになりません。

お互い意地をはってしまい（；∀;）

私も折れることを学ばなくては。幻聴と共に。

心の中で怒る事もありますけどね（；∀;）！　あまりにも下劣な事を言われたときには。

2019
07.15
Mon.

ウィルス感染して、寝込んでました

もう、これは全身かゆかったです！！　体温を測るとなんと40度！！！！！

寒気はするわ、震えをおさえようとして筋肉を使うので痛くなるわで、もう泣きたかったです。

どうやら免疫力が低下して、普段空気中にいる細菌が悪さをしたようです。

免疫力って大切ですね。3日間寝込みました。

やっと起きられるようになった今日、テレビをつけるとあるテレビ局のアナウンサーが「次、これね！」と、腕を指さしてジェスチャーをしていました。

前後の会話とまったく関係のない言葉なので違和感を感じました。

私は、入院するときにつけるリストバンドの事を言っているのかと思い、気分を害しましたが、よく考えたら腕にヘアゴムをしていたので「それで髪の毛を縛ってね」って事だったのかもしれません。

早とちりはいけませんね～（;∀;)！！

まだまだ、本調子ではありません。

芸能人と一般人、対立しているのかな？

いつも通りテレビとお話をしながら見て、そのあと、外に出て一般の方たちと会う機会があると、一般の人たちは怒っています。

その逆もあります。

一般の人と交流しすぎると怒られます。

一体、なんなのでしょう。私には意味がさっぱりわかりません。

一般人も芸能人も同じ人間。分ける必要はないと思います。

前に、主人が『ふたり』という昔の映画のDVDを持っていたのですが、それを読んだだけで、「誰が最後の（地球が終わるときに地球に残る）ふたりか」ということを競っています。

私が昔再発したときの物語です。

結局、仲間が助けに来て助かるのですが。いまだに、「ふたりは誰がふたりなのか」と競っています。

そんなにいいものですかね。

みんな名誉を取り合っているのですね。

すごく不思議なお話です。

2019
07.18
Thu.

芸能人に私の幻聴を真似された

よく、私の地元に独り言を言いながら歩いているお年寄りがいます。

宇宙の事を話しているらしいです。

みんなスルーするのですが、私はなるべくそういう風になりたくなかったので（見た目が周囲から浮かないように）頭の中で幻聴が聞こえるときは、会話をしていました。

でも、これはひとつ失うものがあります。

頭の中で考えていることがまるわかりだからです。

それでも、周囲から見た目が浮きたくないので頭の中で会話しています。

ところで、「Iさん」という実際にいた人の幻聴が99.9%出てこなくなりました。しかも今は優しいです。

テレビでIさんの真似をしていて、「やっぱりIさんは必要。私は引き継いでいく」と言うので、怒りました。

Iさんは当初、すごい意地悪でした。それを真似していました。

私は「あなたにその資格はない」「Iさんを他の人にまわす能力もない」と言いました。

「それより、可愛くしゃべっていた方が売れるよ」と、アドバイスをしました。すると普通の話し方に戻りました。

これで安心です（*´艸｀）

Iさんは無事、私と共にいます。

Iさんを悪いことに利用しないでほしいです。

2019
07.20
Sat.

デビルたちが……

昔、結婚する前のお話です。

夜中、自分の部屋で目を覚ますと、立体のプロジェクターマッピングみたいな感じで、空中を立体的に、デビルたちが次々と現れては消えていきました。

怖くはなかったのですがびっくりしました。

ってことを今日主人と外食しているときに思い出していると、一緒に同じレストランにいるお客さんの話し声が、「えー！　デビル可哀そう！！！」と言ってきました。

「確かに！！！」

姿を現しただけで、悪さは何もしていません。

なので、それだけで嫌うのは間違っていますよね。もしかして寂しかったのかもしれないし。

でも、複数のデビルたち、私に何のようがあったのでしょうか？

謎です。

2019
07.21
Sun.

未来のテレビを見ている？！若返りクリーム？！

何年か前のお話です。

やはり病気が再発しているときなのですが、テレビのニュースで30人？　か何十人か、他の星に移住するとテレビで報道していました。

この病気は、同じテレビを見ていても、当人は別の番組を見ているという病気でもあります。

で、実際にこれも見えたのですが、美容液のクリームを女優さんたちがお試ししていて、試しにシワの場所に、クリームを塗り、みるみるシワがとれ実際に若返っていて女優さんたちは大喜びしていました。

未来のテレビを見ていたのでしょうか。

今は、まだそのようなクリームは開発されていません。

本当に不思議な特殊能力（病気）です。

2019
07.23
Tue.

目に映る全ての事はメッセージ

松任谷由実の曲で『やさしさに包まれたなら』という曲があるのですが、統合失調症になりたての頃、この歌の一節「目に映る全ての事はメッセージ」のように、部屋の本棚にある本のタイトルを見ても、何を見ても、意味があるのではないかと思い、気が狂いそうになりました。

そして、断捨離しました。全て、処分してしまいました。

あ！　写真はシュレッダーにかけました。

おかげで、すごく気持ちが楽になりました。

しかし回復してくると、私のものが何もなくなってしまった事に、すごく後悔しました。

そのときの携帯電話を水没させて、友達との関係も全て切りました。それは、あとからアドレス帳が見つかったので、また繋ぐことができましたが。

病気の初期の症状で、「なんでも意味をもつ」と考えてしまうのがやっかいでした。

入れ替わる幻聴たち

幻聴＆幻覚にもグループがあるようです。

昨年、再発したときに主治医の先生に問われました。

「前の幻聴と同じメンバーですか？」と。

私は、「違います」と言いました。

で、再発をして幻聴たちが4～5年前から私と一緒にいたと言っていました。

なので、それ以前の私を知りたがります。私の事を知ったところで、何になるのかわかりませんが知りたがります。

4～5年前というとちょうど、今の主人と出会って付き合いたてくらいです。

よく、自分のイベント（結婚など）のときに再発しやすいと聞きます。気を付けなければ。

その頃、幻聴は主人の事を「宮大工」と言っていました。

そして、また今回再発したときは、主人の事を「陛下」と格上げしていました。

「陛下じゃない！」と言うと、今度は「王族」と言っていました。

不思議ですね。

だいぶ、幻聴は、最近は取れてきました。ほっと一安心です。

音幻聴がまだありますが。

とにかく、幻聴もグループがあって、入れ替わり立ち代わりしているのですね。

患者さんを苦しめず、仲良くなればいいのですが。

2019
07.25
Thu.

未来の子供たち

昨年入院していたときのお話です。

ある男の人と友達になったのですが、その人と病院の中庭に出たら、空から、子供たちの声で「あ！　お父さんだ！！　お父さんだ！　おとーさーん！」

と、聞こえました。同じ幻聴が聞こえたのか、その男の人は「いや、僕がお父さんじゃ悪いでしょう」と笑いながら否定していました。

生まれる前の記憶を持っている人に、生まれる前の事を聞くと、みんな雲の上から人間を見ていて、「この人に決めた！」と、決めているそうです。

そして、すべり台で、魂がお母さんの元へ降りていくそうです。

ちなみにその男の人の名前を聞くと、私の主人と同姓同名でした。

しかし、それはとりつくろっていただけで、後日、本当の名前がわかったのですが、全然違う名前でした。精神科でしたので、警戒していたみたいです。なぜ、主人の名前を知ったのかナゾです。

まあ、空の子供たちに、私たちがカップルだと勘違いされたのですね。

私は、主人がちゃんといたのに、勘違いしたのですね。

以上、不思議な体験でした。

2019
07.28
Sun.

神様からのメッセージ？！

病気になって初期の頃、霊感のある知り合いのお母さんに、神社を紹介してもらいました。

本堂で「声が聞こえなくなりますように」と、お祈りしてから、おみくじを引くと、答えが書いてありました。

神の教と書いてあって、声は聞こえなくなると書いてありました。信仰心も大切にと。

そこからしばらくして、声（幻聴）も聞こえなくなり、感動しました。

しかし、病気の性質上そこから何回か再発しました。が、ちゃんと聞こえなくなるまで回復できました。

そして、その神社には何回もお世話になりました。お願い事があると、お祈りしておみくじの神の教で返事をもらっていました。

直近では、「いつもお見守りくださり、ありがとうございます」と伝え、そのあとに「人々が思いやりを持ってお互いに接しられますように」とお祈りして、おみくじを引くと、「神でも叶えられぬことはある。あなたの本当の神に祈りなさい」と書いてありました。

私はその神社を信じていたので、戸惑いました。

人の思考や行動はやはり、神様には変えられませんよね。本人の問題ですから。

それに、私がそんな事を祈るのも余計なお世話ですよね。本人たちの責任ですから。

しかし、「本当の私の神様とは？！」ナゾです。

2019
07.29
Mon.

隅田川の花火大会☆

昨日は、隅田川の花火大会でうちに親戚や家族を呼んでテレビ中継を見ながら、ベランダから見える花火を楽しみました。

やはり、人と話すことは良い事ですね。

話に夢中になり、幻聴は聞こえませんでした。そのおかげで花火をあまり見ることができませんでした。でも、楽しかったです。

やっぱり、人と話すことが、幻聴が聞こえなくなる一番の対処療法ですよね。

コミュニケーション能力もすたれないし。

音楽聞くのも、いいですがね♪

だんだん、再発も治ってきました。

一安心です。

2019
07.30
Tue.

リラクゼーションでしょ！

曲を聞きながら、ブログの文章を書いたり、お料理をしたり、などなどしているととってもリラックスできます。

どうしてもテレビをつけて、ながら見していると、テレビのタレントさんなどから文句を言われるので。

私なりの対処法です。好きなアーティストでもいいんですけれどね。

曲だけで、歌詞が無いのがポイントです。悪口を言われません。

でも、一番気にいってるのはエンヤの曲です。

聖歌を聞いているようです。

本当にエンヤは妖精のような歌声です。この曲を聴いていると幻聴も聞こえません。

本当にお世話になりました。寝るときに聴いていると安眠できます。

おすすめです。

主人を否定してきます

一昨年、2年付き合ってから再婚したのですが、初期の頃、声たちは主人の事を歓迎していました。

しかし、結婚して入院してから声たちの様子が変わってきました。

声たちは一方で「陛下」と主人の事を持ち上げときながら、「旦那さんはやめたほうがいい」と言ってくるグループもあります。

私は、生まれ変わっても主人とずっと夫婦でいたいと思っているのですが、主人の周りの声たちに否定されてしまいました。ショックです。

「あんだけ言ってるのに。結婚するの？」と。

主人は優しくて真面目で頼もしい人です。ちょっと言いすぎかな。

とにかく悪いところはないのに、声に拒否られます。

本当に腹がたちますね。なんとか、認めてくれるといいのですが。

間に挟まれる私は、困っています。

統合失調症の症状

最近、毎日、テレビと話をしています。

名前も呼ばれます。会話として成り立っています。

前は映画などを見ると、再発しているときは、以前見た本編と、展開が違くて楽しめました。

声（幻聴）にも「あなたのためにつくったんだよ」と言われました。

音楽番組なども話しながら進行していったので、楽しめました。

不思議ですよね。

最近は、テレビのチャンネルによっては喧嘩を売られたり、仲良く話しながら見られたりと、さまざまです。

本当に統合失調症という病気は不思議です。

まだ解明されていない、特殊能力ですね（笑）。

でも、この病気で困っているブロ友さんもいます。

電磁波攻撃（2人とも同じ表現をしています）で、足に水膨れができてしまっているようです。少なくとも1人は。

画像もUPされていました。

皮膚科に行っても原因不明みたいです。

早くこの病気が解明されればいいのですが。

心配です。私もこの先、どうなってしまうのか心配です。

そういえば、先週の週末に主人と車に乗っていると、3人組が「集団ストーカー反対」という旗を持って、道路に立っていました。

そして思い出したのですが、前に、1人の人を集団で後を付ける動画がありました。

遠くで撮影している人がいるのですね。

そう思うと、「ちゃんと証拠は取れるのだから裁判したらいい」と思いました。

私は幸い大丈夫ですが、他の人が心配です。

どうか、同じ病気の方、早く良くなることを願います。

2019
08.02
Fri.

統合失調症の症状 part 2

去年の年末、入院したときに（初めて入院する病院でした）いろいろ、この病気の症状が出て、学べました。

体中にビリビリが走ったり、未来の子供たちの声が空から聞こえたり、同じ幻聴を患者仲間と同時に聞いたり、などなどです。

で、そのときに発見したのですが、例えば患者仲間さんがため息をつくと、それが言葉になっていました。

本人は気づいていません。

逆に私がため息をついたときも同じことがありました。

私は他の事を言おうとしていたので、違う言葉が口から出てくるのに気づけました。

少し、幻聴のからくりが分かった気がします。

本当に不思議な話ですね。

2019
08.04
Sun.

まだ
サトラレですか！！
（私が）

まだまだ、サトラレ？　な感じです。

『サトラレ』とは昔の映画で、初回は（今はリメイクされてさまざまなサトラレシリーズ出ていますが）オダギリジョーが主役で、オダギリジョーが考えていることが周りの人に筒抜けの状態なので、国の方針で、周りの人たちはそれを本人に知らせてはならないという映画でした。

昔の統合失調症の症状で、「自分の事をサトラレだと思う」というのがありました。

で、「私もサトラレ？！」って感じがまだあるのですが、主人が私の考えに答えを言ってくるようになりました。

すごく驚いたと共に、私の症状を受け入れてくれているのだと安心しました。

まあ、まぐれかもしれませんが。でも、2、3回そういう事があったのでびっくりです。

ほんと、この病気は特殊能力ですね。第2の人類（笑）。

でも、考えていることが周りに筒抜けだと思ってしまうのも、ちょっとつらいです。

今はもう、慣れましたが。

頑張ります。

2019
08.05
Mon.

声が助けてくれる！！

最近、優しい声（人間幻覚？）が出現しました。

例えば、ショッピングモールで喉が渇いて、飲み物のお店を探していると「2階にあるよ」と、声が聞こえました。

実際に耳から聞こえた声でした。

半信半疑で行ってみると、見事にありました。
本当に感動しました。他のときもあったので、かなり感謝です。

まだまだ敵対している声（幻覚）もいますが、本当の情報を教えてくれる人間（幻覚）も出てきたので、お互い成長してきました。

嬉しい限りです。

2019
08.07
Wed.

「次は他の人の番」って何？！

今日は実家に行ってきました。

母の音幻聴（音幻聴とは、物を動かしたりするときの音とかが「声」として聞こえる事）が、「順番で言ったら、次は私の番。私に回しなさい」と、ずっと説得されました。

全然私は意味がわかりません。

「まさか、この病気の事？！」「それともサトラレの事？！」

私は何か勘違いしていると思い拒否しました。

今思えば、私を助けてくれようとしていたのだ、とわかりました。

最後は根負けして、そうなりたいなら譲ることにしました。

まあ、私の中の神様が了解したらですけど。私の病気なのでそんな事できないと思いますが。

なぜ、私になったのでしょう？　今、これを書いているときも録画番組の坂上忍が主人に、「本当は妹」と、言われました。

なぜ私になったのでしょう？　母？　妹？

しかも、「何が？」って感じです。

ちょっと、今日はパニくっています。

2019
08.08
Thu.

「次は他の人の番」って何？！ part 2

昨夜、根負けしてサトラレだかなんだかを母にまわしてしまったと書きましたが、今日、男の人の声がして
「リマちゃんにオレが戻しといたよ」と言われました。

よかったーーーー！！！

安心です。

一応、母にも変わりはないかと電話で問い合わせてみると、変わりは何もないとのことで、

そうだよねーーーー！！！

これは私の病気の問題。他の人には関係ないのですから。

反省と共にオレ（誰？）って人に感謝です。

きな粉ミルクあずきかき氷を食べました♪

今日は、いとこの奥さんがかき氷屋さんを始めたというので、母と妹と三人でかき氷を食べに行きました。

おいしかったです☆

そのあと、美容院に行きました。

私の担当の美容師の方によると、なんと！　美容院に来るのは1年以上ぶりだったそうです！

まあ、去年は入院もしていたので仕方ないですよね。

それにしても1年以上って……もう、びっくりです！

見た目では気づきませんでした。髪の毛伸びたかなってくらいで……（泣）情けない……。

美容室も賑わい、私に声（幻覚？）で話しかけてくる方もいましたが、大体それぞれの美容師さんと話していたので、私も私の担当の美容師さんと話しながら、学生と心の中で話すくらいにしておきました。

帰りに、髪の毛が濡れているうちにつけて乾かすシア・ミルクを買って帰ってきました。

髪の毛のケアに役立つそうです。

ちょっと、大変なときもありましたが、まあ今日は充実した一日を送ることができました。

2019
08.09
Fri.

神社に行ってきました

今日はいつも参拝している神社に行ってきました。

なぜか鳩の声でちょっと批判されている感じがありました。

まあ、それは置いといて、今年は水害などがひどいので「自然（天候など）が穏やかになりますように」と、お祈りしました。

その次におみくじを引くと、こんな神様からの答えが返ってきました。

「『神の数』天地一ぱいひろがる力、神と一つになったとき、肉体に制約する人間の力は、誠にか弱い小さいものであるが、神様に通じ、神様と一つになりきれば、果てもなく強く大きくなっていく。さればひたむきに仰ぎとうとび、神様を信じ敬い神様と御一帯になるまで拝みつづけ念じつづけましょう」と、書いてありました。

すごいです。

このお願いでは人間では無理ですよね。

神様と1つになり、天地に広がる力があれば願いが叶うかもしれません。

信仰心を忘れずに、ということですね。

またひとつ、神社のおかげで救われました。

2019
08.10
Sat.

なぜか
タイミングが合う

主人の鼻息が言葉に聞こえるのですが、ついつい、「5秒以内に鼻をかいたら離婚したいってこと？」とか試してしまいます。

いやいや、ネガティブですね。

すると不思議なことに、5秒以内に本当に鼻をかきます。

すごい不思議です。

でも、本人に言うと、「何言ってるの？！」と言って頓服を飲まされます。

このように、さまざまなところでタイミングが合うのが、この病気の特徴です。

だから、サトラレだとか本人が思ったりするんですね。

考えていることがつつぬけだと。

ちょっとした、発見でした。

2019
08.11
Sun.

天気の子

今日は主人と、新海誠監督の『天気の子』を見てきました。

いつもはレイトショーを見ていて、そのときはガラガラで空いてます。

しかし、今日は夏休みという事もあって混雑してました。

天気の子、面白かったです！！　ちょうど、今の日本に重なる部分もあってなかなか興味深かったです。

私、完全に油断していました。

終わったあと、人間（声）の人たちも一緒に見ていたのです。

「私たち、何しにここに来たの？」と、戸惑ってたので、心の中で

「同じ場所や映画を共有してたんだよ」と伝えました。

声の人間たちはその答えに満足してくれました。良かったです♪

2019
08.13
Tue.

幻覚（人間）を疲れさせちゃった

ある歌手の動画を連続で見ていたら、その度にコンサートで初めに言うセリフが違くて、例えば「また？　みんなー！　頑張るよー！」みたいな。

で、だんだん息切れもすごくて疲れてきているのがわかります。

その歌手に悪いので、同じ歌手やタレントなど、続けて見ないようにしています。
不思議ですよね。生のライブ感があって楽しいです。

前も、テレビや映画で、見るたびに違う内容の番組が見られて楽しかったお話をしましたが、動画でも、今では当たり前のように会話しながら見ています。

不思議な特殊能力（病気の症状）ですね。

2019
08.16
Fri.

土地柄によって幻覚の言ってる事が違う

新潟に来ています。

やっぱり大自然！
お店があまりないものの、私が行った所は魅力的です。本当に素晴らしい休暇でした。

道の駅にも行きましたが、初めはみんな喧嘩腰でしたが、最後は仲直りしました。心の中で話し合いました。

いやいや、今日は幻覚が大変でした。疲れました。

楽しかった部分もありましたがね！

みんなでいい部分を伸ばしあえる関係になれるといいのですが。
私の希望です。

2019
08.19
Mon.

土地柄によって幻覚の言ってる事が違う　part 2

田舎に行って幻覚（幻聴）の言ってる事が違うのを発見しました。

出てきている人も違います。

よく、「私の従弟の○○君という名前がこちらでは？」と聞こえるのですが、田舎では「田舎（県の名前）の○○君もいるよ」と言われました。

また、田舎のテンションで言われ、かなりカルチャーショックを受けました。

動じない心が大切ですね。

まあ、こちらにいるよりは静かに過ごせました。

テレポーテーション？！

ある病院に入院しているときの、数年前のお話です。

各自、ベッドのカーテンを引き、個室状態になっていたのですが、私は一番ドア側で廊下が少し見える感じの場所でした。

そして、夜、消灯になりベッドに横になっていると一番窓側のベッドから白衣を着た先生が出てきたのですが、それが、何人も何人も何十人も出てきました。まるでそのベッドはどこでもドアが付いているかのようでした。

すごいびっくりしました。そんなに入れるはずないのに。
1人ずつ行列を作って廊下へ出て行きました。

また、数十人の先生がそのベッドに行くのも見ていません。
すごく不思議な体験でした。

2019
08.23
Fri.

幻聴の聞こえる方で影響されやすい方は読まないでください

幻聴を観察してみました。

耳から聞こえる音（声）と、頭の中から聞こえる音（声）があることがわかりました。

で、耳から聞こえる声は、実際に話していることがわかりました。

例えば、話し相手が「おはよう」と言ったら、他の言葉、例えば「うるさい」など聞こえた場合、耳から聞こえたら話した本人も聞こえているはずなので、違う言葉を話しているのがわかるはずです。

「うるさい」と聞こえて、本来の「おはよう」が聞こえないのはおかしな話です。

というのが私の研究結果です。

でも、それをその人に話すとおかしな人だと思われてしまいますよね。

なので、聞き流してしまうのが一番かな、と思いました。

まあ、妄想になっちゃうのかな。

2019
08.28
Wed.

不思議な体験

数年前、再発したときのお話です。

急性症状がでているとき、今の主人とある心療内科に行きました。

担当の先生に神様が乗り移り、同じ病気の人たちとかと順番に話を聞いていただきました。

音楽もとても素敵な曲で場を盛り上げていました。
とても、神聖な時間を過ごせました。

同じ患者さん同士でしゃべりはしませんでしたが、仲間で同じ体験をしました。

2019
08.30
Fri.

従弟っていいですね

今日は、親戚のおばさんが亡くなりました。
すごく寂しいです。

おばあちゃんの弟の奥さんです。

限られたときの中で一体私たちは何ができて、学べるのでしょう。

おばあちゃんの兄弟たちを、私は大好きでした。

小さいころからおばあちゃんにくっついて、集まりに参加していました。

私も従弟がいるので、仲良く、頑張って生きていきたいと思います。

2019
09.02
Mon.

声の人たちと小旅行

土日で、地方におじいちゃんの法要に行ってきました。

ちょっと、声の人っていうか、人間に私を分析されたり、意地悪な事を言われたりしてしまいました。

とても悲しかったです。とてもいたたまれない気持ちでつらかったです。

主人が来られなかったので、誰にも相談できず心細かったです。

しかし！　帰りの高速道路のサービスエリアで声の人たちが、優しい言葉をかけてくれました。

「見ていたよ」と、気持ちをわかってくれ、とても優しくなぐさめてくれました。

それだけで、私は元気を取り戻しました。

波乱万丈の小旅行でした。

2019
09.03
Tue.

テレパシー｛幻聴じゃなく｝でお話し

今日は、朝、リラックスしてベッドで横になっていると、親戚のおばさんから声がして、実際に頭の中で会話しました。

テレパシーです。

幻聴ではなく、本人でした。スマホのハンズフリーで話している感じです。

なんで、幻聴じゃないとわかるのかというと、もうこの病気になって10年、幻聴と見分ける事ができるからです。

あり得ない話ですよね。

でも、本当の事です。おばさんに相談を持ちかけられ、それは断りました。

そして、謝られました。

感じが、今までの幻聴ではまったくありませんでした。

不思議な病気ですよね。

2019
09.09
Mon.

食べるように できている

ベジタリアンとかいますが（私の知り合いがそれに近い事をやっているので今回はこのネタにしました）私個人の見解では、人間食べる事で進化してきました。食べる事も悪い事ではありません。

そういう風に進化してきたのですから。

お肉も（食べ過ぎは良くないですが）お野菜も、お魚もまんべんなく食べれば栄養バランスもいいし、脳も幸福ホルモンも分泌されるし、とてもいいとおもいます。栄養バランスもいいですし。

ただ、人はテレビなどで「何々がいい」と見ると、そればかりとりたがります。

そうすると、副作用的な事が起こってくるときもあります。

例えば、ウコンはお酒を飲んだあとなど二日酔いにならないためにすごく効能があります。肝臓にいいのですね。

しかし、ウコンを飲み過ぎた人がいた結果、ウコンの副作用が出てしまいました。昔の話です。

何事も適度に、です。

日ごろからさまざまな食べ物を摂取していれば、おのずと健康になります。

そういう私はお野菜が苦手なので、克服するように頑張ります。

2019
09.10
Tue.

単行本作りました！！

アメブロで、ブログを単行本にできるとリンクが貼ってあったのでとりあえず、10冊注文してみました。

ちょっとお高めのお値段だったので、とりあえず、初めの10冊は、主要なところに見てもらおうかとおもいます。

私の従妹の旦那さんが医学系の雑誌を扱っているので、その人に読んでもらい、なんとか販売できないか聞くつもりです。

私と同じ病気の方やそのご家族、また、健常者の方で差別の目で見ている方たちに読んでもらいたいです。

こういう世界（幻覚など）で生きているんだよ、と。

なんとかこの病気の差別を無くしていきたいと思います。

私の中では小さな一歩ですが、この運動がやがて大きな成果をもたらす事を信じて。

2019
09.11
Wed.

動画とお話したり、内容が変わる！たまに……

最近はテレビはあまり見ず、ネットで動画を見ています。

すごく楽しいです。勉強にもなります。

私も才能があったらユーチューバーになりたいくらいです。

国内、海外問わずミュージックを聞いていますが、歌詞が変わり、私に語りかけてきます。

なので、心の中で会話をしています。その会話が、ためになります。

また、1人食事の動画も、面白くて見ています。

みんな一般の方たちですが、お料理を楽しんで（たまにお酒を飲みながら）作っています。

レシピの参考にもなります。何より楽しんでいる様子がすごく好きです。

アメリカのトランプ大統領誕生を予言していた、『バック・トゥ・ザ・フューチャー』という映画も見たのですが、冒頭、まったく違う映像が流れていました。

ちなみに、ビフという役がトランプ大統領の事でした。

「まあ！　また違うストーリーが見れる！！」と意気込んで見てました。

ちなみに内容は、冒頭、普通は主人公がベッドで寝ていて古い時計のベルで起きるのですが、私が見たときは、沢山の種類の時計が長い時間次々と映し出され、わくわくさせました。

でも、ちょっと時計のチクタクという音は怖さを感じましたが。

そこで、途中でストップしてお風呂に入って、また再生して見たときには（そのときは主人はお風呂から出て、リビングにいました）普通の内容に戻ってました。

あのまま見ていたら、どういう内容になっていたのかと、すごく後悔しました。

ちなみに、なぜトランプ大統領がビフかというと、まあ、ネタバレになるのでやめときます。

ご興味がある方はぜひ、見てみてください。

ちなみに3まであります！

ノンアルコールスパークリングサングリアを作ってみた

2019
09.13
Fri.

最近、ハマっている飲み物があります。

レモン、オレンジ、キウイ、桃などのフルーツを角切りにして、ジップロックに入れて凍らせてフルーツアイスにして、それぞれ好きなフルーツをコップに入れて、レモン強炭酸水で飲みます。

アルコールのない、サングリアですね。

なかなか美味です。気分、上がります。

この前お話しした、ユーチューバーさんの動画でヒントをもらいました！

さてさて、困ったものです。

というのは、昨日「動画を見ている」と書いたのですが、今日、民放のテレビに喧嘩を売られてしまいました。

自分たちの番組を見なかったからでしょうか。

「君は見なくていいから」と言われました。

千葉県が大変な事になっているので、そのニュースを見たかったのですが。残念です。

そう言われると、意地でも見てやろうと思ったのですが、主人に言うと、すぐテレビのチャンネルを変えてくれました。優しいです。

必要以上に喧嘩しなくていいですもんね。

ほんと、最近テレビのお話ばかりですみません。

2019
09.15
Sun.

神社を梯子してきました

今日は、以前お話した、神社に行ってきました。

いつも行くルートとは別のルートで向かったのですが、その神社に行く途中、素敵な神社を主人と発見して、帰りに寄ってみました。ちなみに不動明王を祀ってある神社でした。

お参りをして「幻覚、幻聴の人たちと仲良くなれますように」と、お祈りしたのですが、お祈りが終わると突然、セミとスズメの声が激しくなり、抗議されてしまいました。

そして気づきました。

声たちと仲良くなれるように祈って、虫とか鳥とかと仲良くなれますようにとは祈らなかったのです。

「みんなと」と言えばよかったと後悔しました。

「でも、もう仲いいから祈らなくても大丈夫だよ」と、心の中で言いました。

そうしたら、セミの声もスズメの声もおさまりました。

安心しました。

2019
09.18
Wed.

今日はお友達と会ってきました(^^)/♪

今日は恵比寿で、何カ月ぶりかに、お友達とランチをしてきました。

とても楽しかったです♪

普段、平日はたまにしか地元から出ることはないので……。

フカヒレコースを2人で頼みました♪　美味しかったです！

友達のお子さんの写真も見させていただき、とてもかわいくて癒されました♪

友達はドラマのプロデューサーを仕事にしているのですが（私の自慢のお友達です）ちょうどよくこのブログの本も出来あがったので、友達にドラマ化できないか頼んでみました。

その結果、「まずは読んでからだよ」と、言われました。

まあ、難しいですかね。結果を待ってみます。

でも、とても良い気分転換になりました！

足腰が弱いのに久しぶりの電車移動なので、駅にあるエレベーターがとてもありがたかったです。

バリアフリー化が進む事を願って……。

あと、トイレも洋式じゃないところがまだまだあるので、それも洋式になることを祈って……。

2019
09.19
Thu.

ベティちゃんの呪い(;∀;)！！

去年、入院しているときに、アメリカの昔のアニメ、ベティちゃんに似ている人がいました。

その子の機嫌を損ねてしまったらしく、ベティちゃんに「永遠にサトラレになっちゃえ～！」と、魔法？　をかけられてしまいました。

まあ、冗談でしょうけど。いい気分ではありませんよね。

そして、そのことがあってすぐに、退院して行ってしまいました。

さすがの私もかなり腹が立ちました。逃げ得ですよね。

「もう、忘れなくては！」と思うのですが、たまに思い出すとまた腹が立ってしまいます。

低レベルです。もう、そんな方の事は忘れなくてはと思います。

頑張ります。

2019
09.22
Sun.

旅行に行き、帰りの車中での出来事

金曜日から2泊3日で旅行に行ってきたのですが、すごく疲れました。

主人のご両親と4人で行ってきたのですが、帰りの車中で私は助手席に乗り、主人が運転で、主人のご両親が後部座席（前よりは事故にあったとき安全なので）にいたのですが、後ろの席でお義父さんが独り言をぶつぶつとつぶやいていて、それが、私に喧嘩を売る内容でした。

あまりにも下劣な口調の悪口だったので、私も頭にきて言い返してしまいました。口頭で。

主人にストップの合図ももらったのですが、喧嘩の会話リレーが途切れず、主人のご両親の家に送り届けるまで喧嘩をしていました。

しかし！！　なんと、主人曰くお義父さんは何も言っていないそうです。

独り言は言っていたけど、私を攻撃する内容ではないというのです。

不思議ですね。

それならば幻聴と共に、本当に話している事も聞こえていいはずなのに。

耳も悪くないし。

口で言っている言葉は聞こえず、代わりに幻聴が聞こえるときがあるとは。

本当に不思議です。

家に帰ってきて、主人と共に謝りの電話をかけるとお義母さんが電話にでて「気づかなかったわ。お互い疲れているときは仕方ないわよ。大丈夫よ」と、優しい言葉をかけてもらいました。
ありがたかったです。

やはり、疲れたのが悪かったのでしょうか。

いやいや、普段は慣れているはずなのに油断してしまいました。
失敗です。

2019
09.23
Mon.

自分の至らなさを痛感です(;∀;)

先日、ブログを本にして10冊作ってみた、とここで書き込みしましたが、今3冊残るのみになりました。

病気の事を言っていない知人もいるので。

本にできることはとても感謝なのですが、毎日思いついたことを記録としてブログに書いているので、「本にしてみると時系列がめちゃくちゃで理解するのが難しい」と言われてしまいました。家族に。

また、私の文章も「わかりにくい」とダメ出しが。

難しいですね。

あとでわかったことですが、ちゃんと構成ができるそうです。ちゃんと丁寧に作ればよかったです。

次に本を作るときには、気をつけようと思います。

それでも、一歩ずつ前を向いて歩いていけてるので、このまま続けていこうかと思います。

もちろん、反省点は多々ありますが、そういったところも改善していこうと思います。

では、最近、幻聴がきついですが、いつでも前向きに！！　頑張ります！

『Story☆AI』この歌詞に勇気づけられます。

2019
09.26
Thu.

内容が変わる映画！

さて先日、テレビは「見ている人の家が見えない（テレビがカメラの役割をして）」と書きましたが、どうやら、見えているかはまだ検証の余地があります。

前は見えると言っていましたので。

思っていることや、話している事が通じ（統合失調症の症状かな？）、会話ができます。

朝のニュース番組やバラエティなどで相互会話がやはりできます。

治ると思ったのですが、まだ、症状があります。

なかなか治りません。この症状。

新人類かしら？　私ってば（笑）。

前にも書きましたが、映画もストーリーが変わります。楽しめます。

今までちょっとでも内容が変わったと確認できた映画は、『サマーウォーズ』『アナと雪の女王』『時をかける少女』など。

誰か、同じ症状の方いませんか？

担当のお医者さんにこのことを話すと、興味深げに聞いてくれました。

初めて聞く症状のようです。厚生労働省の統合失調症のページを見ても、そんな症状ありません。

前は症状として、「普通の人が見ているテレビの画像とは違う画像が見える」と、あるホームページに書いてありましたが、今はないようです。

一体、私はなんの病気なのでしょう。

楽しめる事もあるのですが、喧嘩になっちゃう事もあるので、そこは難しいところです。

とてもつらいです。

でも、ニュース番組で、自分の意見も言える点では、満足しています。

それが、一番やりがい（見がい？）があります。

2019
09.28
Sat.

主人の誕生日会をしてきました♪

主人のお誕生日が平日だったので、今日はお祝いに、鳥料理を専門とするお店に行ってきました。

最近、調子が悪かったので心配だったのですが、無事、帰ってこられました。

声（幻聴？）というか人間が、私の家の派閥のお話をしていました。

これには困りましたが、ある程度話すと帰って行ったのでよかったです。

このお店は、フレッシュな鳥を使っているので、お刺身でも食べられます。

もちろん私たちもお刺身で食べました♪　でも、表面はあぶってありました。

久しぶりに外でお酒を飲んだので酔っ払ってしまいました。すごく、眠いです……。

このお店は主人と初めて一緒に食事をした思い出のお店です。

もう、起きてられそうもありません……おやすみなさい。

2019
10.02
Wed.

テレビに注意されちゃいました

主人が出張だったので、実家に行き、普段見ない番組を見ていると、またタレントさんが話しかけてきました。

「これ以上ブログに書くと、やるよ？」と。何をやるのかわかりませんが、殺されちゃうのでしょうか？

まさかね。

わかりませんが……。

私はこの病気をばらしすぎなようです。

初めは喧嘩になりましたが、最後はわかってくれて仲良くなれました。

私は同じ病気の人たちと情報交換がしたいのです。良かったです。

最近は、幻聴は少なくて人間の形の幻覚（新人類？）が多いようです。

気をつけなくちゃ。

2019
10.03
Thu.

呪いのリズム

昨日の夜、寝室で寝ていると、10年前に聞いた呪いのリズムを聞きました。

私を怖がらせたかっただけなのでしょう。肉体的には何もありませんでした。

私はちょっと怖かったですが、「こんなリズムくらいじゃ負けない！」と思い、必死に聞き流しました。絶対負けません。

そうすると、いつの間にか聞こえなくなり熟睡できました。

あれくらいじゃ、私は負けません。

正直、うざかったです。

しかし、人間を恐怖に陥らせるリズムってあるんですね。

どこかの国に拷問で使われたら大変です。

それくらい、完成度の高い呪いのリズムでした。

ま、負けませんけどね。私は絶対負けません。

でもその曲、どこから湧いて出てきたのでしょう。

私は、恐怖のリズムを作る才能はないし、すごく不思議です。

負けなーーーーーーーーい！！！

2019
10.04
Fri.

他の人は
死んでいる？？？

すごくありえない話ですが、今回の再発（去年の8月か9月頃から）したときから、声に言われていることがあります。

「君以外は全員死んでるよ？」と。

私が去年入院しているときに天災があり、ほとんどの大陸が水没したというのです。

生きているのは、私だけだと。

私を1人にしないために世間の人が姿を現していると。幻覚として。

なんだか、声（幻聴）が言っていることがだんだん、おかしくなってきているかんじです。

大丈夫でしょうか。心配です。

ちなみに声（幻聴）の言っていることは信用していません。

信用出来なくてごめんね！　声！！

2019
10.06
Sun.

頭に来ました！

コンビニに行ったのですが、会計を済ませていると硬貨で30円足らなくて、お札で払わなくてはいけなくなって、慌てていたら、順番に並んでいた2人組の男子に、「30円足りないぜ」と中傷されました。

遠くから私のお財布の中身はわからないハズなのに……。

でも、順番はちゃんと待って並んでいました。

頭にきて、にらんでやりました。

でも、そんなレベルの低い、くだらない人はほっとけばいいんですよね。

私も反省です。にらんでしまったので。

まあ、幻覚ですな。多分……。

主人にそのことを言うと、心配されました。

私の幻覚は普通の人たちばかりです。怖い人（グロイ系）はいません。
それと、これは昨日の事なのですが、主人の車に乗っていて、ふと歩道を見ると親子がいました。お母さんが子供さんを自転車の後部座席に乗せて角を曲がったので、車が発進して曲がった道が見えたとき、なにげなく親子を探すと……いなくなっていました。

ちなみに一本道です。

また幻覚見ちゃった！！　ていうか、おばけ？　誰？

心配しちゃいます。消えちゃった親子はどこに行っちゃったのでしょうか。

2019
10.08
Tue.

テレビの場所によって違う反応

今日は主人が出張のため、実家に来ています。

普段は見ないのですが、芸能人の格付けチェックをみんなで見ました。

なんのカラクリがあるのかわからないのですが、私たちが何かするごとに、クエスチョンに当たったりなど盛り上がってました。

ま、タイミングが合ってるだけですかね。

（テレビの前に）私が姿を現すのを緊張すると言ってました。
Oh！！　まだ聞こえているのですね。

でも、家とはまた違う反応をいただいて、新鮮でした。

2019
10.13
Sun.

台風19号

主人の実家の近くの江戸川が氾濫してました。昨日の台風、みなさん大丈夫でしたか？

私は、窓を主人にテーピングしてもらい、スーパーに買い出しに行ってきました。

1人暮らしのお年寄りなど、不安そうにテレビに出ていたので、心配になりました。

みなさんが無事に乗り切っていますように。

2019
10.14
Mon.

店員さん、ごめんね

ついさっきのことですが、あるゲーム機を買いにショップに行ったのですが、会計をしているときに頭の中で、店員さんを馬鹿にするような声が聞こえました。

まあ、私にだけしか聞こえてないはずなので安心ですが、すごい不愉快な気持ちになりました。

店員さんは何も悪くないのに。

2019
10.15
Tue.

光トポグラフィーのフラッシュバック

このお話も、去年入院していたときのお話です。

あるとき、急に看護師さんに呼び出されて「光トポグラフィーをこれからやる」と言われました。

前に、「統合失調症に効く」と噂で聞いたのですが、そうではなく、「うつ病に効果がある」とネットで調べました。

で、やる前に頭にいろいろ装着され、看護師さんが「嫌だったら言ってね」と、言ってくださいました。

初めてやるので、緊張しました。

そして、いざ始まると脳裏にフラッシュバックのような、私のボキャブラリーにはない映像が、たくさん瞳の裏に映し出されました。

私は怖くなって途中でやめてもらいました。

それからしばらくはフラッシュバックに悩まされました。

どれも、不快な映像でした。

本当にうつ病や統合失調症に効くのでしょうか？

私の場合は、光トポグラフィーは逆効果でしたので、反対します。

2019
10.16
Wed.

焼きもち

なぜか声（幻聴）が、「妹さん、妹さん」と言ってきます。

私は片親（親戚や祖父母はいましたが）で、妹を大切にしていました。

入院中、幻聴に「誰を一番守るか？」みたいなチョイスがあったので、妹を選びました。そしたら、何かというと「妹さんが本来は主役」など、私に妹の事で劣等感を持たせる内容を言われるようになりました。

相手にしてないと、今度は「旦那さんと妹が浮気している」と言ってきました。

妹にも旦那さんがいます。子供も。

妹家族とも仲の良い付き合いをしていたのですが、幻聴の言っていることで、私が惑わされちょっと険悪になっていました。

しかし今日、私の主人が「実家に行こう！　そこでみんなで話そう」と言ってくれ（主人には手に負えないという事で）、話し合いの結果、元の仲の良い家族に戻りました。

とりあえず、一安心です。

幻聴も、いい事を言う幻聴と悪い嘘を言う幻聴とがいます。

気をつけて、「実際の人間関係を壊さないようにしなくては」と、反省です。

でも、本当につらかったです。

根性で乗り切りたいと思います。

2019
10.17
Thu.

歯のクリーニング
(都内は幻聴安全。今のところ)

今日は歯のクリーニングに行ってきました。

値上がりしたらしく、「いつもの値段だと1時間で歯茎のマッサージはついてない」との事でしたが、歯医者さんは、1時間と1時間半（歯茎マッサージ付き）では、今までと値段の変わらない1時間を勧めてるとのことで、私も1時間にしました。

いつも行く場所と違うからか分かりませんが、幻聴に悩まされることはありませんでした。

私が行っているのは都内なのですが、あまり幻聴に悩まされません。

でも県外では、場所によって言ってる事が違うので、なかなか興味深いです。

2019
10.19
Sat.

狂った
ラジオ・テレビ

統合失調症になってまだ日が浅いときに、車の助手席に乗りラジオを聞くと、噺家がラジオパーソナリティーで出てきて、私の母の名前（みっちゃん）をネタにして、観客に「かわいいねえ、みっちゃん。ほら、みなさん（ライブ会場の観客の事）も一緒にみっちゃーんって呼んでくださいね」「はい！　みっちゃーーーーーーーーーん！！」と、酔っ払いか何かのように、甘ったるい言い方でやたら「みっちゃん」と連呼してました。

「逆に馬鹿にしてんの？」って感じでした。

とても私は不快でした。話の前後からも「みっちゃん」が、どういう存在かもわかりません。

ただ、私の母と同じ名前なので、恐怖を覚えました。

名前をやたら連呼して「可愛い可愛い」と言っているだけでした。
何の意味があるのでしょう。

そのあと、母が運転席に乗って運転を始めましたが、まだ、「みっちゃーん！」と言ってたけれども（噺家が）母は普通でした。

私だけ怖がってました。

そして、もうひとつテレビで、たまたまバカ殿様の昔バージョンを見たのですが、それもお酒に酔っ払った感じの甘ったるいノリでした。

とても不快でした。
これも病気によるものだと思います。

これからのお笑いは、もっと人を笑うのではなく、クリエイティブな笑いがいいと思いました。

2019
10.25
Fri.

アドバイスしてきました

今日は主人と病院に行ってきました。

主人はそのあと仕事へ行ったので、急遽、母と江戸東京博物館に行って、サムライ展を見てきました。

幻聴が聞こえたので、ちょっと幻聴と話を（心の中で）していると、「誰と話してると思ってるの？」と言われ、ピンときました！

統合失調症の仲間たちです！！　交流会です！
しかし、残念ながらサトラレは私だけだったので、心の中で幻聴が聞こえなくなるアドバイスをしました。

まず、これは確実ですが、何かに集中していると幻聴が聞こえないと言う事です。

あとは、音楽を聞いたり、過去記事にも書きましたがテレビがおかしなことを言ってきたら字幕をつけて見たり、とかです。

でも、幻聴の人間もその場にいたので、私のところに来るように言いました。

それか、統合失調症の方で幻聴と仲良くなりたい方は、「そのままのご自身で仲良くなってください」と発信しました。

展示物を見ながら、心の中で発信していました。「私たちは、新人類なんですよ。だって、普通の人には聞こえなかったり、見えなかったりするものが見えたりするのですから」と。

ただ、まだその能力を上手にコントロールできていないだけなのだと。みんな納得してくれたみたいでした。

で、外に出ると「わーい！　だまされたー！」と言っている若い子（幻覚？）がいたので、心の中で、「あなたたちも新人類の仲間でしょ、今度は他の統合失調症の方の幻聴に仲良くするように言うのが、あなたたちの仕事だよ」みたいな事を心の中で言ったら、「ごめんなさい」と、口を使って謝っていただきました。

若い子たちも素直ですね。

2019
10.27
Sun.

友達とお食事♪

昨日は久しぶりに友達とワインバルに行ってきました。

友達と話が弾み、集中しているとお店にいる人（幻聴）に「素だよ」と言われ、外に出ている事はみんなに見られているから、見られている事を意識したり、周りの人と心の中で話したりしなくてはいけない、みたいなことを言われました。

しかし、私は久しぶりの友達と会話が弾んでいたので、構わず会話を進めました。

スパークリングワインのボトル2本を2人で開けました。お値段も手ごろだったので。

そして、とても飲みやすくて美味しかったです♪

今度は、大勢で会おうと約束しました。

私の足も心配してくれました。（足が悪いので）

統合失調症の事は、この子には話していないのでちょっと後ろめたかったです。

話すかは迷い中です。主人は「話さなくていいよ」と言います。

結局帰りは12時過ぎてしまったので、主人に寂しい思いをさせてしまい、反省です。

で、帰ってぐっすり寝たのですが、朝は幻聴が聞こえ、私が昨日みんなの相手をしなかった事を責められてしまいました。

そして、私と喧嘩に（心の中で）なってしまいました。

みんな、外に出て（人間として）私と会話をしたいみたいです。

友達と話しながら心の中で会話をするのは、とても難しいですね。

2019
10.30
Wed.

お経調の私に対する報告が聞こえる

これは、今年初めに起こった出来事です。

リビングのソファで仮眠をとっていると、どこからかお経が聞こえてきました。

びっくりして起きて、辺りを見回すと天井からお経が聞こえていました。

内容を聞いてみると、私への報告でした。

どうやら、「この町は統合失調症の関係者や当事者だけが住んでいる」というものでした。びっくりしました。

他にもいろいろ私に報告していたのですが、ほとんどボソボソ言っているので、聞き取れませんでした。

幻聴ですね、参りました。

まあ、幻聴本人にしてみたら、きっと本気で心配してくれてたのですね。

この文章を書いているときも、天井から「そう！」と、この文章を肯定する返事が帰ってきました。

幻聴！　その内容が何にしろ、心配してくれてありがとう！

では！

2019
10.31
Thu.

でも、なぜメロディがお経？！

同じ病気のブロ友さんも、お経が聞こえるらしいです。

私もお経が聞こえます。内容は何かの報告などです。

古い病気なので、お経を幻聴はメロディとして使っているのですね。きっと。

なので、私はなるべく違うジャンルの曲を聞いて幻聴を鍛えています。

オーケストラやバラードだと、一見、怖くないですよね。

言ってる内容はよく聞くと、怖くない内容なので。でもまだ成功していません。実験段階です。

古い時代からの幻聴なので（と、勝手に妄想してます）、きっと変わるのも一筋縄じゃいかないんですね。

気長に訓練してみます。

2019
11.01
Fri.

ある一定額から医療費無料に！自立支援医療制度☆

『自立支援医療制度』って、知っている方も多いかなと思いますが、あえてその話題をしたいと思います。

厚生労働省によれば、「自立支援医療制度は、心身の障害を除去・軽減するための医療について、医療費の自己負担額を軽減する公費負担医療制度です」とあります。

私は去年、体調を崩しお薬の量も増え、また、注射もプラスされ結構な医療費の負担を強いられました。

そこで、担当医の先生に『自立支援医療制度』をすすめられ、加入することに。

これは、ある一定額の金額を病院や薬局で使うと、その後の医療費が無料になるというものです。

とっても大助かりです。

障害者手帳に加入していない私でも、加入できました。

この制度をまだご存じない方、担当の先生に聞いてみてはいかがでしょう？

とても、お得です。

2019
11.04
Mon.

元気になった？！おばあさん(ʼωʼ)？

ある病院に入院していたときの事です。

ニュース番組の特集で、認知症のおばあさんがデイサービスで紹介されていました。

そのおばあさんは意識も朦朧としていて自分でものも食べれらないくらい、重症でした。

私もおばあちゃんがいるので他人事ではないと思い、見いってました。

すると、翌日なんと！　そのおばあさんが入院してきました。どう見ても、ニュース番組にでていたおばあさんでした。

しかし、おばあさんは、意識がしっかりしていて自分でものも食べられるし、話もしっかりできてました。

背筋もピンと張って、元気でした。ありえないですよね。

しかし！　ご本人でした。

そういった不思議な事が、何件かある病院でした。

2019
11.07
Thu.

ドラマ化失敗

少し前、友達のプロデューサーの子に私の本を渡して、「ドラマ化できないか」と聞いてみました。

その子は、私が統合失調症になった原因の舞台に関わっていたので、「正直スラスラと読めない」と言われました。

そりゃそうですよね。

私も、気がつかえていませんでした。

その子のせいじゃないのに。

「統合失調症の世界はこういう世界だという事を知ってもらいたい」と言ったら、そしたら、ドラマ化は無理だと言われました。

私的には何が無理なのか、わかりかねますが。

仕方ないですよね。

でも、その子は私の大好きな信頼している友達なので、信用しようかと思います。

残念です。

2019
11.08
Fri.

最近、幻聴の区別がつかない

今日はお昼に『上沼恵美子のおしゃべりクッキング』を見ていながら、夜、主人が『IT』を見ると言ってたなぁ。

「やだなぁ、怖いよね」と思ってると、上沼恵美子が「ITですが。アナウンサーが怖がっているんですか？」と言われ思わず笑ってしまいました。（昔、アナウンサー養成の学校に行っていたので）

ちなみに『IT』とは、ピエロが出てくるホラー映画です。

最近は、テレビのタレントさんが笑かしてくれます。また、ニュース番組なども勉強にもなります。意見も言えます。

と、勝手に思い込んでるので、私ってば気をつけなくちゃですよね。

テレビをつけてないときは、最近近くで工事をしているのですが、その人たちが大声で話しかけてきます。

ちゃんと耳から聞こえるので、口で言っているんだと思うんですよね。幻聴か……。

若い子たちでしたが、喧嘩してしまいました。心の中で。でもそのあと、実家に行って、帰りには向こうが折れてきてくれました。

ありがとう！　ま、幻聴なんですけどね。

本当に耳から聞こえたり、私の顔を見て直接話したりしてくるので、幻聴と区別がつきません。

難易度が上がっています。

昔は、同じ声だったので見分けがついたのですが……。

幻聴が増えてしまいました。でも、みんなで未来に向かって頑張っていこうと思います。

仲良くなってきた部分もあるし。ある子とは仲が悪くなったりと、いろいろですが、前を向いて頑張ろうかと思います。

2019
11.09
Sat.

インドカレー食べて来ました(' ω ')ノ♪

駅の近くのインドカレー料理店に主人と行って来ました♪

タンドリーチキンと、キーマカレーとナンとガーリックライスとサービスのサラダを食べて来ました！

美味しかったです♪

隣に座っていたカップルが、私たちの注文したものを1つずつ見ていたので、とても恥ずかしかったです。

でもお酒を飲んだことがないらしく、主人が注文したマンゴービールを真似して注文して試していました。

なんだか、可愛かったです。

しかし！　私の心の中のことに対してしゃべってきたりしていたので、幻覚でしょうか？

いやいや、そんなはずはありません。ちゃんと、お店の人ともしゃべっていましたから。

2階の客席からも、私に話しかけてきました。これは確実に幻聴ですかね。

でも、美味しかったのでハッピーです♪

また、主人と行こうかと思います。

2019
11.11
Mon.

味変(/_;)
お水がシンナーに！！

やはり、これも去年入院していたときの事です。

入院初めの頃、病状が重いときの事です。

喉が渇き、お水を飲んだらなんと！！

シンナーの香りがしました。

その症状はときたまそれからも起こり、主人と外出するときもお水を飲んだらシンナーの香りでした。

口の中もシンナーの香りでいっぱいで、とても不快でした。

また、主人に誤解されるのではと、とても不安でした。

が、「そんな香りしない」と言われました。

しかし、私の中ではとても鮮明に味・臭いがしていました。

不思議な症状ですね。

今はもう、その症状はなくなりました。

2019
11.12
Tue.

副作用？

今、お薬で『シクレスト舌下錠』を内服しています。
これは、舌の下に入れて溶かして内服する薬です。

しかも、味がビリビリするんですよね。苦いし。最悪です。でも、仕方ありません……。

内服しています。

で、副作用だと思うんですが味覚が鈍くなりました。

困っています。食品、おいしく食べたいのに！！

今度、病院に行ったときにでも、担当の先生に相談したいと思います。

2019
11.13
Wed.

ドライブしながら、幻聴を癒す

本日、かねてより注文していた『久石譲in武道館～宮崎アニメと共に歩んだ25年間～』のDVDが届きました。

この動画はYouTubeで何回も見ていて、かなり幻聴から助けられた動画です。

スタジオジブリの宮崎駿さんが地球の環境の事も考えてつくった物語に、久石譲さんが曲を完璧に仕上げています。

以前、動画で聞こえた川の水の幻聴をゴスペルで鎮めました。

週末、主人とドライブに行ったときにでも、DVDを見ながらドライブしようかと思います。幻聴、幻覚にも聞かせてあげようかと思います。

なんて、勝手に妄想して週末を楽しみにしています。

オーケストラや歌を聞いていると、幻聴は聞こえないので。

みなさんも、ぜひ、試していただけたらと思います。

2019
11.14
Thu.

アナと雪の女王
レットイットゴー
私たちの歌かな(^^)/

日テレで、金曜夜9時から『アナと雪の女王』が放送されますね(過去記事)。

実はあの映画が上映される前に、海外で『レット・イット・ゴー』の動画視聴の回数が増えているとネットのニュースで見て、英語版イディナ・メンゼルの日本語字幕の『レット・イット・ゴー』を何回も私も聞きました。

ちゃんと、字幕がついていたので歌詞はわかりました。

それを聞いたとき、私は衝撃を受けました！

「これは、私のような病気の人の歌だ！！」と思ったのです。

世間に隠していた特殊能力（氷の力、私の場合は幻聴・幻覚）のおかげでビクビクしていて、でも、「もう隠さなくてもいい！！もう自由だ！　元気出そう！」みたいな曲ですよね。

なので、とてもあの映画が好きです。

それに、私も妹がいるので感情移入できます。

とても金曜が楽しみです。同じ病気の方、これを踏まえて映画を見ていただけたらと思います。

とても元気になります。

2019
11.17
Sun.

ワンパンマン

ワンパンマン（サイタマさんって人が主人公）って、アニメにはまっています。

主人公はごく普通の青年なのですが、めちゃくちゃ強くてどんな敵もワンパンチでやっつけてしまいます。

私も、夜中など幻覚が見えたときはワンパンチで消していたので、他人事じゃありません。

面白いので、まだ見ていない方は、見てみてはいかがでしょうか。

2019
11.19
Tue.

自宅焼き鳥

今、ハマっている事があります。

それは、自宅で焼き鳥を作って焼いて食べる事です。

YouTubeで知りました。

100均で網焼き機を買ってきて、換気扇の下で焼くのです。火事に気をつけてください。

豚ロースに大葉を挟んで、丸めてキャンディーのようにして切って、串にさして焼いたり、ネギ間やにんにく間を作ったり、つくねを作ったりして、なかなか楽しいです。

1人で作るとかなり時間がかかるので、主人と2人で作りました♪

でも、動画の人たちはみんな1人で作って楽しげでした。

お時間と、余裕のある方はぜひ作ってみてください！！

かなり、楽しいです。

動画のみなさんは、100均の網焼き機ではなく、イワタニの『炙りや』や『やきまる』で焼いてました。

ちなみに、串は水につけてから使ってください。

2019
11.21
Thu.

スズメが話に来てくれました(^^)/久しぶりの鳥声幻聴です♪

今日は実家に寄ったのですが、庭を眺めていると1匹のスズメが舞い降りてきました。

私は心の中で「仲間が来ますように」と思っていると、4、5匹のスズメが突然舞い降りてきました。

そして、私に話しかけてきました。

不思議ですよね。

音はスズメの鳴き声で、内容は日本語なんです。

「私たちがいるよ。ずっと一緒にいるよ」「わてらもいるよ」「俺もいるよ」(これは、機械音でした)と、聞こえました。私は思わず泣いてしまいました。

とても、嬉しかったのです。それに、スズメももう、一匹ではなくなったので、特に何かあったわけではないのですが、なんだかなぐさめられてしまいました。

ちょっと、心温まる出来事でした。

また、夜はかねてより行きたかった食事処に主人と家族と行ってきました。

久しぶりの（実家の）家族との食事で、これもまた心温まりました。

しかし、昨日はあまり眠れず寝不足だったので、食事があまり食べられませんでした。

まあ、ダイエットにちょうどよかったかな。

2019
11.24
Sun.

大人気がない方たちがいました

みなさん、こんばんは。

昨日、上野で友達とそのお子さんと3人で食事してきました♪

軽くランチビールを楽しみました。

土曜日という事で、大変な人数の人たちがいました。

さてさて、いろんな人がいるものですね。まあ、幻聴かな？　と思いますが。

2人の人から怒鳴られてしまいました。

1人は横断歩道を渡っていたとき、ちょっと傘がぶつかってしまったおじいさんに怒鳴られました。大人気ないおじいさんですね。

私に向かってまっすぐ突き進んできたのは、おじいさんの方なのに。よけようとはせず。

それから、スタバでコーヒー飲んでいると、「死ね！！」と、叫んでた人がいました。

まあ、私にではないかもですが。

めげずに頑張っていこうかと思います。

2019
11.30
Sat.

水死体

これは、病気になる数年前のお話です。

お友達と車で東北に旅行に行きました。

東北には初めての旅行だったので、その景観に感動しました。

昔話に出てくるような、海岸。海岸があって、小さな島が点在している。これから外国人観光客に人気が出るだろうなと思っていました。

車で走っていると、ある小さな島に赤い橋が架けられた島がありました。

すごく魅力的で、友達と、「上陸してみよう」と話し、行くことにしました。

橋を渡ろうとしたところ、橋のたもとにおばあさんがうつむいて、しゃがんでいました。

ちょっと気になったのですが、何はともあれ上陸を目指すべく橋を渡りはじめました。

橋を渡れば渡るほど、誰かの視線を強く感じ、脳みそをぎゅっと掴まれる感覚に陥りました。

島を渡り切り、視線の先を探し求めると、昔お坊さんが彫ったという、石佛様でした。

もう、見てられませんでした。

あまりにもパワーがすごかったので。もう、私はふらふらでした。

そして帰りの高速道路を走っていると、光の人々が何百人も道路を横断していました。

サングラスをかけていたので、それのせい？　と、思い外してみたのですが、やはり、見えました。

それから数年後、2011年3月11日の大震災があり、津波で沢山の人々がお亡くなりになりました。

光の人々と何か関係あるのでしょうか。

後から調べたのですが、その島は水死体があがる事で有名なところでした。

もう、石佛はいっぱいいっぱいなのかもしれません。

一回、除霊かなにかした方がいいのかもしれません。と、勝手に思ってみました。

以上、怖い体験でした。

2019
12.06
Fri.

主人と喧嘩

今日は調子が悪かったです。

まず、夜中に目を覚ますと、隣で寝ている主人の幻聴が話しかけてきて揉めてしまい、なかなか寝かしてくれませんでした。

そして、お昼に主人が食事に戻ってきたときに、やはり幻聴で喧嘩になってしまいました。最悪です。

そして、夜に帰ってきた主人と、本当に喧嘩になってしまいました。幻聴の内容の事で。

主人は悪くないのに。反省です。

でも、口で本当に言っている声と、本当の幻聴の区別はつくので、本当に言っていたのは確信が持てます。

まあ、幻聴ですがね（笑）。

そんなこんなで、喧嘩をし、収集がつかなくなり、主人の提案で私の実家に行き、母親に仲裁をしてもらい仲直りをしました。

私も「幻聴に流されずに強くあらねば」と思いました。

2019
12.07
Sat.

声の人たちと食事の場所を共有してきました

今日は主人と焼肉を食べに行ってきました。

すると、声の人たちが沢山いらっしゃいました。

そして、10年前に私を統合失調症にしたのは、自分たちだと打ち明けられました。

正直、イラっとしましたが許すことにしました。

その代わり、お互い人間として成長していく事を約束しました。

ある女子のグループは（意地悪な女子）が、「無理やり私たちも変わろうとしている」と言っていました。

なので、「ありがとう、私もすぐ怒らないように変わるから」と、お互い約束しました。

すごく嬉しかったです。

しかし、おじさんグループは「うそ！　うそ！」と、ひがんでました。

精神的な成長をこばんでますな。なので、その方たちはほっときました。

まあ、声もさまざまな個性の方たちがいますね。

勉強になりました。

2019
12.10
Tue.

タイムトラベルしちゃってました('Д')！

中学生の頃のある日、学校が広尾にあり私の自宅は下町にあったのですが、片道45分の距離でした。

学校の帰りが遅くなり、「もう家庭教師の先生の時間に間に合わない！！」と、思い焦って帰りました。

なんとなく、途中、私の直感で、時計は見ないで帰ることにしました。

なんとなく、時間が稼げるような気がしたのです。

そして、地元の駅の時計を見ると！！

まだ、学校にいる時間帯だったのです。

そして無事、家庭教師の授業を受ける事が出来ました。

とても、不思議な体験でした。不思議ですね。

2019
12.15
Sun.

見て楽しい！
作って楽しい！
食べて美味しい！

みなさん、お久しぶりです。

数日前から主人の出張で、実家に戻ってきました。

そして、声たちと絆を深めてきました。

喧嘩にもなったのですが、必ず声の方が折れてきてくれました。
これには感動です。ここまで来られたのもやっとです！

そして、私も目が覚め仲直りしました。本当に嬉しかったです！！

同じ病気の方に特におすすめなのが、例えばユーチューバーなどの動画を見てユーチューバーの方とお話することです。

同じ病気の方ならわかる方もいると思いますが、テレビに出ている人と会話できますよね。

お時間のあるときにでも、お好きな動画でコミュニケーション取るといいですよ！！

仲間やお友達が出来て、励まされますよ！！

ユーチューバーのみなさんたちは、励ましてくれたり、教えてくれたりしてほっこりしました。

お話できる方は、お話して頂けたら幸いです。

でも、あまり何回も再生するとユーチューバーさんたちが疲れてしまうので、ほどほどにお願いいたします

2019
12.18
Wed.

職人さんワールド

職人さんの事を私は、一番尊敬しています！！

なぜかと言うと、自分の作品に誇りをかけ、楽しみながら人々に必要な作品を創作しています。

その、創作意欲 根性がすばらしく、とても尊敬しています！

ゲームのRPGと一緒で、仲間と協力して地道にレベルアップをしていくなかで、忍耐力があがっていきますよね。

粘り強さとも言いますね！

しかも！！　楽しみながら学習できます！！

すごくお得ですよね。ストーリーを楽しみながら、想像力も発揮出来ます。

また、仲間と協力する絆も育めます。

映画では語り切れなかったサイドストーリーや壮大な本編も見ることができます。

それなので、本を読むように想像力も発揮できます。

また、さまざまなキャラクターを操作することで、その人物の気持ちがわかるようになりますよね。

キャラクターを育てる心も学べます。

また、それと同じように、職人さんは自分の作品（例：キャラクターなど）に、誇りをもって、そして、世界中の人たちのお役に立てます。

しかも生活もできるので、とても素敵な職業ですね！

それなので、職人さんの事を私は尊敬しています。

2019
12.20
Fri.

食物連鎖

誰もがお食事をしますよね。

私の場合ですが、じーっと見てるとお肉が動物に見えてきて、怒っているように見えたのですが、食物連鎖のお話をすると、すごく納得してくれました。

動物も、他の動物を食べている事を知ったからです。それなので、怒った顔から安らかな顔に変わりました。

とても安心しました。

生き物は食事を食べ、経験をつみDNAを環境に合わせて進化してきました。

食べることは決して悪いことじゃありません。何事も、適度に食事をとっていただけたらと思います。

ただ、生き物に言われたのですが、動物に「ご供養」してくれるように頼まれました。

人間へのメッセージです。それなので、「人間はご供養しているよ」と伝えました。

例えば、築地市場はお魚のご供養をしている石碑があるし、『回向院』には犬・猫の供養している石碑があるよ、だから大丈夫と、伝えました。

すると、やっと安心してくれました。

そして私の願いですが、生き物を安楽死させてあげてください。食品にするときには。

病気になった（豚コレラなど）動物を仕方なく殺処分するときにも、安楽死させてあげてください。

人間にも、かなりのストレスがかかると聞きました。

以上、私の世界でした。

2019
12.22
Sun.

ボーカロイドの気持ち

数年前のお話です。

急性期のとき、家で養生しているときに、夢？　幻覚？　をみました。

それは、コンピューター？　機械？　の中、光る線が空間に広がり、周りは真っ暗で、その中に私は1人で、実験をされていました。

その光の線の上を歩いていたりしたのです。

不思議な夢ですね。

例えば、初音ミクからみた世界（無機質な）に似ています。なので、初音ミクの気持ちがすごくわかります。

でも、人間は初音ミクの世界に背景をつけたり、音楽をつけたり、仲間を作ったりします。ちゃんと、（実際の）バンドの方やスタッフの方もいて、そのファンの方々がいたり、さみしくなくなりますよね。

というわけで、ボーカロイドなどの気持ちがわかりました。

というのが私の世界です。

2019
12.24
Tue.

エジプトのゲーム(^^)/

昔のパソコンはすごかったです！　ていうかCD-ROMがすごかったです！！

吉村作治（エジプト考古学者）監修のCDがすごくて、CGで今のグーグルマップのように360度歩き回って、しかも、エジプトの博物館に入れて、1個1個の作品が詳しく見られて最高でした！！しかも説明付きで。

そして、古代のエジプトのゲームがすごく面白くて、ゲームのやり方を解読した吉村教授もすごいです！　本当に当時からすごい技術でしたね！

今でも、思い出します。今はもうないのですが、取っておけば良かったです。

2019
12.27
Fri.

音幻聴にも人格があるプライドも

音幻聴も進展があります。

音が言葉となって話しかけてきます。

例えば、工事の音、水の音、など。

私を励ましてくれたり、アドバイスをくれたりしました。

大体自分たちのそのときの気持ちを報告してきてくれます。でも、そのままを信じるのではなく、自分でも考えて行動してください。

私の音幻聴も、私と共に育っていきました。

癒されています。

2019
12.29
Sun.

スター・ウォーズ／スカイウォーカーの夜明け（ネタバレあり注意！！）

今日は、『スターウォーズ』の最新作を主人と見てきました。

最後、ダースベイダーが、憎しみだかなんだかで「私を殺してジェダイを引き継いで新たな帝国を作るのだ」と言っていたのですが、私の解釈だと、自分が全盛期のときは悪に染まってしまって、力を失ってから反省して、ためらわずに殺してほしいので、わざと相手を挑発して殺せと言っているのだと思いました。

自分を殺して、新たな世界（平和な）を作ってほしいという事だと解釈しました。

でも、主人は全然違う解釈でした。ダースベイダーも出ていなかったと言ってます。

全然違う映像をみていたのでしょうか。

そういえば、昔、統合失調症の症状で、同じテレビを見ているのに違う映像を見ているという症状があると、調べました。

それなのですかね。

でも、楽しんで見れました。

私の選択肢で話が進んでいきましたので。

2019
12.31
Tue.

コンプレックス克服方法

妹に教わった克服方法です。

自分が気になるところ（性格でも容姿でも）を、そのまま放置せず治すことです。

自分に自信を持てるところを増やしていきましょう。
そして、自分を好きになりましょう。

そうすれば、コンプレックスに想っていることを他の人に言われても、全然気になりません。

自分の心も救えます。

今年は本当にありがとうございました。
来年もよろしくお願い申し上げます。

2020
01.02
Thu.

統合失調症のある規則性発見！

みなさま、今年もよろしくお願いいたします。

ブロ友さんの記事を読んでいて、統合失調症（霊感？）の法則？規則性？　が見つかりました！！

なぜか、足がつるんですよね。私もそうでした。初期の頃は無かったのですが。

私の叔母は、統合失調症ではないのですが、霊感がありやはり原因不明の足のつりがあるのです。

不思議ですよね。とても困っています。

それと、私の場合は内臓もつります。そのまま放置せず治すことです。

自分に自信を持てるところを増やしていきましょう。

そして、自分を好きになりましょう。

自分の心も救えます。

以上です。

医療関係の方、もしこの記事を読んでいらっしゃったら、治すお薬でも原因でも研究してください。

よろしくお願いいたします。

以上、私のちょっとした発見でした。

2020
01.08
Wed.

祖母と一緒の幻聴内容

実家に帰って、祖母に会ってきました。

祖母は認知症になり、幻聴がきこえるようになってしまいました。

幻聴、私と一緒ですね！

そして、あまりいつもは話さないのですが、昨日はよく話し、しかも私と同じ幻聴が聞こえているのがわかりました。

そして、祖母は祖母の神様と話し、書記もいて、神様と話しながら書記（見えない）に、「今の書いといて」とか「消しといて」とか言ってました。

そして、私と同じ幻聴が話す単語を話していました。

これには、びっくりしました。「私の場合は監督やスタッフなどがいて、映画を撮られているので、一緒だね」って話しました。

すると妹には「私の役割は？」と、聞かれたので「メイクさん」と言うと、喜んで納得してました。

生まれたときから、あちらの世界で記録を取っているのでしょうか。

「リマー！　そこ歩くことからやりなおしてー！　はい！　スタート！」と言うと、エキストラ？　っていうか、人が次々と歩いてきて、まるで映画を撮っているような事がありました。

まあ、前の話ですが。

でも、とても心温かい私のメンバーです。

見守ってくれてます。幻聴全般が。

頑張ります！

さてさて、声たちとも仲良くなってきたのですが、明日から新薬を試すので早くて1カ月、入院してきます。

今、沢山お薬を飲んでいるのですが、それにすると1種類で済むそうです。

しかも、50％の確率で幻聴や幻覚が消えるそうです。

正直、寂しいです。せっかく仲良くなったのに。

でも、一般生活に支障が出るのは大変なので、まあ、どうなるか試してみます。

主人と母が決めたので、私もそれに従います。

寂しいですけどね。

2020
01.12
Sun.

音幻聴作成

1カ月前ごろのお話です。

近くの団地が壊されるので、「さあ、工事始まる」ってときに、学生さんが大きな機器を屋上に置いて、その機械を使って音幻聴を作っていました。

で、学生さんが「リマさーん！　聞こえますかー？！」と言ってきました。

私のために音幻聴を作ってくれてるのかと思いました。優しい学生たちですね（^ω^）

内容も優しい内容でした（・∇・）未来人ですかね。

嬉しかったです！

しかーし！　同じ音でもそのときによって違う言葉に聞こえるので、脳の謎ですね！

2020
01.15
Wed.

まるで慰安婦！？　2

過去記事『まるで慰安婦？！』で、緑と白の人との事を書いたのですが、今日、すごい事を声から聞かされました！

なんと！　記憶が無かったのは、「オレ」という存在が助けてくれていたらしいです。とても感謝です！！

どちらにしても、どの声にも感謝です（T_T）＼（^-^）

2020
01.20
Mon.

人が……

1カ月前ごろのお話です。

母と、夕方に車移動をしていて、外を見ていると車道と歩道の間に植えている木が、シルクドソレイユの方がやっている感じでした。

2人のうち、1人が立ってポーズをつけ、もう1人が肩の上に立ってポーズをして木の真似をしていたのでびっくりしました！

二度見すると木に変わってました。

魔界の住人のようでした。

きっと、楽しませてくれていたのですね。
以上、幻覚が見えました。

2020
01.29
Wed.

またまた、病院で、出ました

ただ今、病院に入院しています。

昨夜、とても久しぶりに怖い思いをしました。

古い病棟なので、エアコンではなく、昔のエアコン？　みたいなので、いちいち温めるのに音がうるさいのですが、その音から呪いの音楽がかかり、ビックリしました。

なので、すぐ音の原因を消しました。そのあとはぐっすり眠れたので良かったです。

2020
06.01
Mon.

やっと復帰です

やっと落ち着く事ができました！

本当に心配したのですが、元気になってよかったです。

地元の仲間の声の人が病院まで来ていました。

実際に声に出して、話しました。

私は心の中で話して、相手は声に出して話しました。

これなら周りの人の影響を受けずに話す事ができます。

これを担当医師に話す事を、了解を取りました。

2020
06.12
Fri.

声の人たちの紹介

さてさて、今日は私の仲間たちを紹介します。

人間として出てきてくれました。

その勇気が嬉しかったです。

家では声の人たちといたのですが、この前の病院入院中にも、来てくれました。私と共に。

とても心強かったです。

先に退院したので、声の人たちを置いてきちゃったのでちょっと心配です。

声の人たちとは、工事の人たちです。

今は退院して、自宅の仲間たちと落ち着いています。

声の人たちにも、いろいろいます。

主人の仲間の人たち、母の仲間の人たち。そして私の仲間の人たちなど。

母は新規で声の人たちに迎え入れられました。

風の声も鳥の声も車の声も実際の声の人たちも、私がいる世界、みんな仲間と共にいます。

では。

2020
06.16
Tue.

また仲間が増えました♪

先週、洋服を買い物してきました！！

車から降りてショップに行くと、店員さんが「ありがとう！　降りてきてくれて」と、唐突に言われました。

「なんだろう？！」と思ったのですが、人間の仲間なんだと理解しました。

ご新規さんです。

嬉しかったです。仲間が増えました。

2020
06.22
Mon.

瞬間移動？！

この病気になると、不思議な事がおこります。

例えば、バックの中でミントがバラバラになって「もう！！」と怒って、片づけるために手をバックの中に入れると、すでにキチンと片づけられています。

1個もミントが出ていません。

不思議ですね。

2020
06.29
Mon.

幻聴（仲間の人たち）と相談しながらお買い物

「私の幻聴はなくなり、そのかわり人間として出てきてくれている」と、以前語りましたが、昨日スーパーマーケットに行くと、仲間の人間が沢山いました。

中には、食べる事を今までやってこなかった初心者の方達が「どれを買えばいいかわからない」など言ってきたので、頭の中で教えてあげました。

また、私へ教えてくれる人もいました。

仲間の人たちは困惑しながらお買い物をしていました。

仲間のみなさん、これを見ていたらいいのですが。

私は仲間の人たちが私の目の前に出てきてくれて、本当に嬉しいです。一緒に仲間の人たちと相談しながらお買い物をするのが夢でした。

夢が叶いました。

仲間のみなさん、ありがとうございます。

2020
07.07
Tue.

私の発言（ネットでの事）をアドバイスを受けました

「火消しをみんなでしているんだよ」と、テレビに出ている声の芸能人にいわれました。

まず、「相談してほしい」みたいな事を言われました。

声のみなさん、相談せずにすみませんでした。

2020
07.22
Wed.

別人の顔に……

今日は久しぶりにびっくりする事がありました！

以前の記事で話した事なのですが、主人もたまに顔が老けたり、若返って皺が無くなってみたりと不思議体験をしたのですが、今回、うちの母親が輪郭も変わり顔が見たこともない顔になっていたのを見て、ちょっと動揺しました。

幻覚ですね。

元通りになる事を祈ってます。

以上、ちょっと怖い話でした。

2020
07.30
Thu.

アドバイス

今日は看護師さんにアドバイスを受け、ノートに手書きで日記を書く事になりました。

でも、ブログも続けていくつもりです。

病院のあと家族とデパートに行って、用事がすぐ終わるとの事だったので車の中で待っていると、歩道にマスクをしていない男の人がいました。心の中で「今、コロナウィルスがはやっているから、他の人に感染させないためにも、自身もかからないためにも、マスクしてくださーい！！」と、説得したところ、リュックからマスクを手に取ったまま立ち止まってかたまっていたので、「マスク！してください！！鼻から顎までちゃんと隠してね！」と説得を続けると、やっとマスクをしてくれたので、お礼を心の中で言いました。

すると何事もなかったかのように立ち去りました。

これでひとまず安心でした。

良かった。

あと、1人でいるとき考え事をしてしまう癖があり、幻聴の事はそのときはスルーしちゃっています。でも、私の耳に「こっちは話しかけてるのに……」と、クレームが届きました。

全員の言っている事は正直聞き取れないので、できるかぎり問いに答えていこうかと思います。

「私の幻聴・幻覚にも人格はあるので、できるだけ答えるので、ゆっくりお待ちください」と、考えています。

2020
08.02
Sun.

忘れていることを教えてくれる不思議体験

最近、物忘れしたときに幻聴・幻覚の人が教えてくれます。

「忘れているよ」と。

昨日スーパーに買い物に行ったときの話です。

買い物をするのにさまよっていると、私に「(旦那さんに) お酒飲むならおつまみ買わなくていいの？」と、言ってきました。

なので私は心の中でこう答えました。

「主人は飲むときはおつまみたべないよ」

しかし、金曜日という事で、家で明日の心配（土日は会社休みなので）なく飲めるという事で、週末にはおつまみがいるのを忘れてました。

でも、いつも会社の帰りにおつまみは主人が自分で買ってくるので大丈夫です。

でも、教えてくれたのも優しさだとわかるので、ありがとうございます。

感謝です。

では。

2020
08.06
Thu.

つらいよ～！！！

今日は泌尿器科に行ってきました。

なぜか夜ベッドに入ると膀胱がヒリヒリして、なかなか眠れなかったので。

先週、泌尿器科に行ったときには「膀胱炎」と診断されました。

しかし、今日尿検査をすると治っていると言われました。

じゃあ、膀胱のヒリヒリはなんだろうと先生に聞くと、精神科で飲んでるお薬が、どの薬もみんな膀胱に良くないといわれました。
「精神科の先生に減薬することを尋ねてみてください」と、言われました。

一応、なにを処方されてるかここに記しておきます。

『バルプロ酸ナトリウム』『ブロナンセリン錠』『マグミット錠』『ゾテピン錠』『クロザリル錠』『ビペリデン塩酸塩錠』以上です。

夜、眠れないのがとてもつらいです。

2020
08.08
Sat.

テレビの私待ち？！

病気の発症初期の頃、病気についていろいろ調べていると、「テレビが他の人と違って見える」という記事を読みました。

すごく不思議でちょっと信じられないと思いましたが、今ではよくわかります。

例えば、いきなりテレビをつけると、ニューヨークのデモがあり、テレビを消してもう一度テレビをつけると、デモをしている人と、警官が仲良く肩をたたきあって「おつかれさま」的な態度をしていたり。私が見るテレビは「やらせだ」と言ってました。

不思議です。

例えば、坂上忍さんやダウンタウンさんがテレビ越しに話しかけてきます。

私は心の中で話したり、１人のときは声を出して話したりしています。

双方向テレビです。

私にテレビ越しに話してくるときは、どの角度にいても目が合います。

不思議です。

2020
08.09
Sun.

従弟が歌舞伎役者に？！

そういえば、何カ月か前に従弟から電話がありました。

今度、食事に行こうと約束しました。

電話を切ってしばらくすると、テレビに市川海老蔵を襲名しましたと、電話があった従弟が映ってました。

びっくりしたのですが、不思議な事があまりにもいっぱい私に起こるのでスルーしてました。

すると、テレビから幻聴でしょうけど、「なにもかも受け入れすぎ」と、言われてしまいました。

私にどっきりをしかけたのでしょうか。
本当に不思議な病？　の症状です。

2020
08.11
Tue.

声(幻聴)からのアドバイス

今年の初めに入院しているときの事です。

声（幻聴）が、「ポムを引き取って」と、説得してきました。

ちなみにポムとは実家で飼っているフレンチブルドッグです。

しかし、私が主人と暮らしているマンションはペット禁止です。

なので、「それは無理だよ」と答えていたのですが、声もめげずにずっと「引き取って」と言ってきました。

そして、家に外泊で帰って実家に顔をだすと、ポムがすごいじゃれて来ました。

私はあまり構ってあげられませんでした。

すると、次の日ポムは亡くなってしまいました。

最期だってわかっていたら、もっと構ってあげられたのに……。

たぶん、私が死ぬまでこの事は悔やんでいくと思います。

それにしても声の記事を聞く事は出来ませんでしたが、アドバイスありがとうございます。

2020
08.22
Sat.

音が言葉として聞こえるー！

以前にも書きましたが、音が言葉として聞こえる音幻聴が私にはあります。

広瀬香美も絶対音感があって、音が言葉として聞こえるとテレビで言ってました。

興味深かったのは、その場で音をだして「○○と聞こえる」と広瀬香美が言ったのですが、私には全然別の言葉に聞こえました。

1つの音でも、その人の知っている知識、ボキャブラリーによって聞こえ方が違うのですね。

以上、不思議なお話でした。

2020
08.26
Wed.

久しぶりに声（幻聴）に文句言われちゃいました

『声（幻聴）からアドバイス』という記事を書きましたが、あのあと、幻聴が大ブーイングでした。

書くべきじゃなかったと言われました。

ちなみに、テレビからの幻聴でした。

文句を言われてとてもつらかったです。

でも、その一日だけで今はいつも通り平和に過ごしています。

では。

2020
08.31
Mon.

ポム、守られてる！

うちのペットのポムのお話はこの前書きましたが、安心した事がありました！

知り合いの霊能力者の方にポムの事を見ていただいたら、今は私の家の歴代のペット達に守られてちゃんと成仏しているそうです。

ありがたいです！

では。

2020
09.09
Wed.

大麻との違いは？！

伊勢谷友介さんが大麻所持で逮捕されましたね。

大麻と精神病の幻覚、幻聴は何が違うのでしょう？

大麻でどんな幻覚、幻聴が聞こえるのでしょうか？

病気の方は何が何でも治したいって感じですよね。

しかし、大麻などはもっと幻覚、幻聴が聞きたくて次の大麻をやってしまうのですよね。

一体何が違うのでしょうか。

そこら辺を詳しい方に聞きたいです。

何が違うのか。

みなさんの意見を教えていただけたら幸いです。

では。

2020
09.13
Sun.

声の人たち、私に構わず飲んでも大丈夫だよ

テレビを見ていたら、突然風が強くなって久しぶりに声が聞こえました。

テレビを見ながらノンアルコールを飲んでいたら、「いいよ。飲もう（お酒を）」と言われました。

すごいありがたい言葉でしたが、辞退しました。

禁酒を続けていたら、アルコールの美味しさを感じられなくなってしまいました。

まあ、飲みたい気持ちはありますが。

なので、心の中で「私は飲まないけど、あなたたちは飲んで大丈夫だよ。でも、飲みすぎはダメだよ。

もし、飲みすぎちゃったらウコン飲むと二日酔いにならないよ。でも、ウコンを大量に飲みすぎるのはダメだよ。飲みすぎたら副作用が出ちゃうから」と言うと、安心したのか声が聞こえなくなりました。

不思議な話ですよね。

では。

2020
09.29
Tue.

声（幻聴）の事で発見したことがありました！

声（幻聴）が聞こえなくなる方法を新たに発見しました。

例えば外で幻聴が聞こえたら、無視するのも大変効果がありますが、心の中で答えて話すのも手です。

なぜ、心の中で話すかというと、口に出して答えると周りの人から変な人扱いされてしまうからです。

文句を言う幻聴は完全無視です。

ただ、その他の幻聴は、答えてあげると納得して黙ってくれます。

ちょっとした、発見でした。

結婚して今のマンションを中古で買い、今住んでます。

その頃、声（幻聴）にさんざんアドバイスをもらいました。「鍵を変えないと将来、泥棒に入られるよ」と。

確かに物がなくなったり移動されてたりと、おかしなことが多かったので、鍵を変えました。
すると、不思議な事がなくなりました。

また、ショップで可愛いスープ皿を買ったときには「これでプリンを作ったら美味しいよ」と、アドバイスされました。

だんだん、ためになるアドバイスをしてくれるようになりました。
すごく嬉しいです。

プロフィール　**リマ**

これまで、芸能活動、イベントの手伝い、パソコンを使った職業、個人で美容関係の会社の立ち上げなど、多岐にわたり活動してきました。

昨今、草間彌生さんなどアート系等でこの病を表現している人が増えました。そして、私もブログというツールで、私なりに表現をしています。
この病気の世界観を体験していただけたら幸いです。

本文デザイン・DTP／a.iil《伊藤彩香》
制作・補助／むこうじまちえ・亀岡さくみ
編集・装幀／小田実紀

本書のご注文、内容に関するお問い合わせは
Clover 出版あてにお願い申し上げます。

統合失調症の世界

初版 1 刷発行 ● 2023年 2 月16日

著者
リマ

発行者
小田 実紀

発行所
株式会社Clover出版
〒101-0051 東京都千代田区神田神保町3丁目27番地8　三輪ビル5階
Tel.03(6910)0605　Fax.03(6910)0606　http://cloverpub.jp

印刷所
日経印刷株式会社

ISBN978-4-86734-129-2　C0095